文通天下

突 破 认 知 的 边 界

"老子爱花成癖"，这话我不敢说。爱花则有之，成癖则谈何容易。
需要有一块良好的场地，有一间宽敞的温室，有各种应用的器材。
更重要的是有健壮的体格，和充分的闲暇。

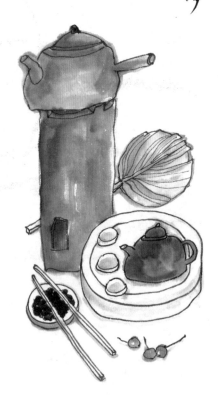

茶雖片葉藏真味夢

若平生看六如

己亥之夏帝瓷寫

病是變態，由活人變成死人的一條必經之路。

因為病是變態，所以病是醜的。

室雅人和

己亥春 日帝淀寫

骂人是一种发泄感情的方法，尤其是那一种怨怒的感情。想骂人的时候而不骂，时常在身体上弄出毛病，所以想骂人时，骂骂何妨。

金秋

七月流火八月未央九月授衣

己亥白露時節 帝琉写之

朱门与蓬户同样地蒙受它的沾被，雕栏玉砌与瓮牖桑枢没有差别待遇。
地面上的坑穴洼溜，冰面上的枯枝断梗，路面上的残刍败屑，
全都置在天公抛下的一件鹤氅之下，雪就是这样的大公无私，
装点了美好的事物，也遮掩了一切的芜秽，虽然不能遮掩太久。

清歡無事，等風等你

戊戌秋日 小林寫

中国旧式士子出而问世必须具备四个条件：
一团和气，两句歪诗，三斤黄酒，四季衣裳。

死是小事，身死而为天下笑，这未免太冤了。

闲来轻笑两三声

梁实秋

著

读者出版社

图书在版编目（CIP）数据

闲来轻笑两三声 / 梁实秋著. -- 兰州 ：读者出版
社，2024.1
ISBN 978-7-5527-0766-3

Ⅰ．①闲… Ⅱ．①梁… Ⅲ．①散文集－中国－现代
Ⅳ．①I266

中国国家版本馆CIP数据核字（2023）第178392号

闲来轻笑两三声

梁实秋　著

总 策 划　禹成豪　梁珍珍
责任编辑　漆晓勤
封面设计　仙　境

出版发行　读者出版社
地　　址　兰州市城关区读者大道568号（730030）
邮　　箱　readerpress@163.com
电　　话　0931-2131529(编辑部)　0931-2131507(发行部)

印　　刷　天津旭非印刷有限公司
规　　格　开本880毫米×1230毫米　1/32
　　　　　印张8　字数172千
版　　次　2024年1月第1版
　　　　　2024年1月第1次印刷
书　　号　ISBN 978-7-5527-0766-3
定　　价　49.80元

辑 一

看世间

淡看人间三千事

梅，剪雪裁冰，一身傲骨；
兰，空谷幽香，孤芳自赏；
竹，筛风弄月，潇洒一生；
菊，凌霜自得，不趋炎热。
合而观之，有一共同点，
都是清华其外，淡泊其中，
不作媚世之态。

四君子	002	钥匙	019
火车	005	推销术	023
胖	010	火	028
孝	013	狗肉	031
剽窃	016		

辑 二

乐尽天真

闲来轻笑两三声

人生的几大关键——生、老、病、死，病也要算其中之一。我的主张是：（一）最好不是人；（二）次好是人，而不生病；（三）再次好是不在上海生病；（四）再次好是在上海生病而不吃药……

生病与吃药	036	孔诞日与教师节	055
婚礼	039	让座的惨剧	059
谈幽默	043	疟	062
痰盂	047	电话	065
珠履三千	051		

品尝滋味

人生忽如寄，
不负茶、汤、好天气

饿，则着重在食物的质，最需要满足的是品味。上天生人，在他嘴里安放一条舌，舌上还有无数的味蕾，教人焉得不馋？？馋，基于生理的要求，也可以发展成为近于艺术的趣味。

海参	070	莲子	079
黄鱼	072	拌鸭掌	081
鱼翅	074	干贝	082
茄子	077	咖喱鸡	084

辑 四

拉杂

寂寞是一种清福

我所谓的寂寞，是随缘偶得，无须强求，一霎间的妙悟也不嫌短，失掉了也不必怅惘。但凡我有一刻寂寞时，我要好好地享受它。

酒壶　　　　　　　　088　　　正月十二　　　　　　　　106

雷　　　　　　　　　091　　　又逢癸亥　　　　　　　　111

出了象牙之塔　　　　095　　　多做事，多尽责，多谅解　115

牙签　　　　　　　　099　　　我为什么要写作　　　　　116

礼貌　　　　　　　　102

那些人

星斗其文，赤子其心

升法，尽在焚香听雨中。」
的两句诗：「欲知白日飞
趣，所以特别欣赏陆放翁
是东方人特有的一种妙
香默坐」的境界，认为那
檀香屑。一多最喜欢「焚
附带着一大包檀香木和
我送给他一具珐琅香炉，

谈闻一多　　　　　　118　　　忆冰心　　　　　　　215

方令孺其人　　　　　201　　　悼念朱湘先生　　　　230

《徐志摩全集》编辑经过　206　　　叶公超二三事　　　236

辑一

看世间

淡看人间三千事

梅，剪雪裁冰，一身傲骨；兰，空谷幽香，孤芳自赏；竹，筛风弄月，潇洒一生；菊，凌霜自得，不趋炎热。合而观之，有一共同点，都是清华其外，淡泊其中，不作媚世之态。

四君子

　　梅、兰、竹、菊，号称花中四君子，其说始于何时，创自何人，我不大清楚。《集雅斋梅竹兰菊四谱》，小引云："文房清供，独取梅竹兰菊四君者，无他，则以其幽芬逸致，偏能涤人之秽肠而澄莹其神骨。"四君子风骨清高固无论已，但是初学花卉者总是由此入手。记得幼时模拟芥子园画谱就是面对几页梅兰竹菊而依样葫芦，盖取其格局笔路比较简单明了容易下笔。其中有多少幽芬逸致，彼时尚难领略。最初是画梅，我根本不曾见过梅花树，细枝粗秆，勾花点蕊，辄沾沾自喜，以为暗香疏影亦不过如是，直到有一位朋友给我当头一棒："吾家之犬，亦优为之。"从此再也不敢动笔。兰花在北方是少见的，我年轻时只见过一次，那是有人从福建"捧"到北方来的一盆素心兰，放在女主人屋角一只细高的硬木架上，居然抽茎放蕊，听说有幽香盈室（我闻不到），我只看到乱蓬蓬的像是一丛野草。竹子倒不大稀罕，不过像林处士所谓"竹树绕吾庐，清深趣有余"，对我而言一直是想象中的境界。所以竹雨是什么样子，竹香是什么味道，竹笑是什么神情，我都不大了解。有人说："喜写兰，怒写竹。"这话当然有道理，但我有喜怒却没有这种起升华作用的才干。至于菊，直是满坑满谷，何处无之，难得在东篱下遇见它而已。近日来艺菊者往往过分溺爱，大量催肥，结果是每个枝头顶着一个大馒头，帘卷西风，花比人痴胖！这时候，谁还要为它写生？

我年事渐长，慢慢懂了一点道理，四君子并非是浪博虚名，确是各自有它的特色。梅，剪雪裁冰，一身傲骨；兰，空谷幽香，孤芳自赏；竹，筛风弄月，潇洒一生；菊，凌霜自得，不趋炎热。合而观之，有一共同点，都是清华其外，淡泊其中，不作媚世之态。画，不是纯技术的表现，画的里面有韵味，画的背后有个人。画家的胸襟风度不可避免地会流露在画面之上。我尝以为，唯有君子才能画四君子，才能恰如其分表达出四君子的风骨。艺术，永远是人性的表现。唯有品格高超的人才能画出趣味高超的画。

刘延涛先生的四君子图，我认为实在是近年来罕见的精品，是四幅水墨画，不但画好，诗书也配合得好，看得出来是趁墨浦未干时就蘸着余墨题诗，一气呵成，墨色匀称。诗、书、画，浑然成为一体。四君子加上画家，应该是五君子了。画成于一九六三、一九六四年间，最初我记得是在"七友画展"中见到的，印象极深。如今张在壁上，我乃能朝夕相对，令人翛然心远，俗虑顿消。画的题识是这样的：

最是傲霜菊亦残，更无雁字报平安；

少年意气消沉尽，自写梅花共岁寒。

一九六四年元月

故园清芬久寂寞，滋兰九畹不为多；

殷勤护得灵根旧，我欲飞投向汨罗。

一九六三年冬十二月

高节临风夏亦寒，虚心阅世始能安；

于今渐悟修身法，日日砚田种万竿。

一九六三年冬

篱下寄居非得计，瓶中供养更堪哀；

何如大野友寒翠，迎接霜风次第开。

一九六三年冬日大寒之夜

一九七六、六、廿，西雅图白屋

火车

我在上海中国公学教书的时候，每星期要去吴淞两三次，在天通庵搭小火车到炮台湾，大约十五分钟。火车虽然破旧，却是中国最早建设的铁路。清同治年间由英商怡和洋行鸠工开建，后由清廷购回，光绪二十三年全线完成。当初兴建伊始，当地愚民反对，酿成毁路风潮。那一段历史恐怕大家早已忘了。

我同时在暨南大学授课，每星期要去真如三次，由上海北站搭四等慢车（即铁棚货车）到真如，约十分钟，票价一角。有一次在车站挤着买票，那时候尚无排队习惯，全凭体力挤进挤出。票是买到了，但是衣袋里的皮夹被小偷摸去。一位好心的朋友告诉我，不可声张，可以替我找回来，如果里面有紧要的东西。我说里面只有数十元和一张无价的照片。他说那就算了。因为找回来也要酬谢弟兄们一笔钱。这是我生平第一次听说东西被偷还可以找回来，其中奥妙无穷。

火车是分等级的。四等火车恐怕很多人没有搭过。我说搭，不说坐，因为根本没有座位，而且也没有窗户。搭四等车的人不一定就是四等人，等于搭头等车的不一定就是头等人。而且搭四等车的人不一定一辈子永远搭四等车，等于搭头等车的也不一定一辈子永远搭头等车。好像人有阶级之分，其实随时也有升降，变化是很多的。教书的人能享受四等火车的交通之便，实已很是幸运了，虽然车里是黑洞洞的，而且还有令人作呕的便溺气味。

当年最豪华的火车是津浦路的蓝钢车。车厢包上一层蓝色钢铁皮，与众不同，显著高贵。头等卧车装饰尤其美观，老舍一篇题名《火车》的小说，描写头等乘客在厚厚软软的地毯上吐痰，确是写实，并非虚撰。这样做是表示他的特殊身份。最令我惊讶的是头等车厢里的侍者礼貌特别周到，由津至浦要走一天一夜。夜间要查票，而头等客可以不受惊扰，安睡一夜，因为侍者在晚间早就把车票收去，查票的人走过头等车厢也特别把声音压低，在侍者手中查看车票，悄悄地就走过去了，真是体贴。查票的人走到二等车里，态度就稍有变化，嗓门提高；到了三等车里，就不免大声吼叫推醒那些打瞌睡的客人。

不要以为蓝钢车总是舒适如意，也曾出过纰漏。一九二三年盗匪孙美瑶啸聚一群喽啰在津浦路线上临城附近的抱犊谷。这抱犊谷是一座山，形势天成，入口极狭，据传说谷内耕牛是当初抱犊以入。孙美瑶过着打家劫舍的生活，意犹未尽，看着火车呜呜地从山下蜿蜒而过，忽发奇想。他截断路轨，把一列火车车上数百名中外旅客一股脑儿掳上了山作为人质。害得军阀大吏手足无措。事涉被掳中外人士之安全，投鼠忌器，不敢动武。结果是几经折冲，和平解决，人质释放，盗匪收编为正式军队，孙美瑶获得旅长官衔。这就是轰动中外的临城劫车案。还有一个尾声，听说后来孙美瑶旅长不知怎么的还是被杀掉了。据我所记忆，如此规模的劫火车只发生过这么一遭。外国也有劫车案，有我们的这样多彩多姿吗？

现在美国，火车已经是落伍的交通工具，在没有飞机和全国快速公路网的时代，坐火车从西海岸到东海岸是一大享受。沿途的风景，目不暇给。旅客不拥挤，座位很舒适，不分等级，只是卧铺另加费用。十几年前我旅游华府到纽约，就有人劝我要坐火车，因为以后可能将没有火车可坐了。果然，车站一片荒凉，车上乘客寥寥无几，往日的繁华哪里去了？

有人嫌火车走得慢，又有人嫌火车冒烟脏。人类浪费时间精力做好多好多不该做的事，何必斤斤计较旅途所耗的时间？纵然火车走得像枪弹一般快，车上的人忙的是什么？火车冒烟是脏，可是冒烟的并不只是火车，何况现在火车多不冒烟了。如果老远看火车冒黑烟或吐白气，那景象不一定讨厌。记得抗战时我住在四川北碚，天气晴朗，搬藤椅在门前闲坐，遥望对面层峦叠嶂之中忽然闪出一缕白烟，呼啸而过，隐隐然听到汽笛之声。"此非恶声也"，那是天府煤矿的运煤的小火车。那是"天府之国"当时唯一的一段铁路。我看了很开心，和看近处梯田中"一行白鹭上青天"同样的开心。说起四川省的铁路之兴建，其事甚早，光绪末年就有川汉铁路之议，宣统年间还引起铁路风潮，成为革命导火线之一。一九三六年又有川黔铁路的计划。一再拖延以迄于今。可是抗战时经过重庆到成都公路的人，应该记得那条公路的路基特别高，路面相当阔，因为那条公路正是当年成渝铁路的未完成的遗址。

有一年由某大员陪同坐火车到郑州。途经某处，但见上有高山，下有清涧，竹篱茅舍，俨若桃源。我凭窗眺望，不禁说了一句赞叹的话："这地方风景如画，可惜火车走得太快，一下子就要过去了。"某大员立刻招呼："叫火车停下来。"火车真的停下来了，让我们细细观赏那一片景物。此事不足为训，可是给了我一个难忘而复杂的感触。"大丈夫不可一日无权"，但是享特权算得是大丈夫吗？

头等乘客在未上车之前即已享受头等待遇，车站里有头等候车室。里面有座位，有茶水，有人代理票务。在台湾好像某些车站有所谓贵宾室，任何神气活现的人都可以走进去以贵宾姿态出现。上车的时候不需经由栅门剪票，他可以从一个侧门昂然而入，还有人笑容满面地照料他登车。其实，熙来攘往，无非名利之徒，谁是贵宾？

后记

潘霜先生来信说："成渝铁路勘定路线与公路有相当距离，且成渝公路沿线有不少九十度直角弯道，实不可能循此线建铁路。"也许我所说的系传闻有误。

又，马晋封先生来信说："抱犊谷之'谷'字该是崮。"

胖

罗马的恺撒大帝，看见那面如削瓜的卡西乌斯，偷偷摸摸的，神头鬼脸的，逡巡而去，便太息说："我愿在我面前盘旋的都是些胖子，头发梳得光光的，到夜晚睡得着觉的人；那个卡西乌斯有削瘦而恶狠的样子，他心眼儿太多了：这种人是危险的。"这是文学上有名的对于胖子的歌颂。和胖子在一起，好像是安全，软和和的，碰一下也不要紧；和瘦子在一起便有不同的感觉，看那瘦骨嶙峋的样子，好像是磕碰不得，如果碰上去，硬碰硬，彼此都不好受。恺撒大帝的性命与事业，到头来败于卡西乌斯之手，这几句话倒好像是有先见之明。

胖子大部分脾气好，这其间并无因果关系。胖子之所以胖，一定是吃得饱睡得着之故。胖子一定好吃，不好吃如何能"催肥"？胖子从来没有在床上辗转反侧的，纵然意欲胡思乱想也没有时间，头一着枕便鼾声大作了。所谓"心广体胖"，应该说，心广则万事不挂心头，则吃得饱，则睡得着，则体胖，同时脾气好。

胖子也有心眼窄的。我就认识一位胖子，很胖的胖子，人皆以"胖子"呼之，他虽不正式承认，但有时一呼即应，显然是默认的。"胖子"的称呼并不是侮辱的性质，多少带有一点亲热欢喜微加一点调侃的意味。我们对盲者不好称之为瞎子，对跛者不好称之为"瘸子"，对瘦者亦不好称之为"排骨"，唯独对胖子则不妨直截了当地称之为胖子，普通的胖子均不以为忤。有一天我和我的很胖的胖子朋友说："你的照片有商业价值，可以作广告用。"他说："给什么东西作广告呢？"我说："婴儿自己药片。"他怫然色变，从此很少理我。

年事渐长的人，工作日繁，而运动愈少，于是身体上便开始囤积脂肪，而腹部自然地要渐渐呈锅形。腰带上的针孔便要嫌其不敷用。终日鼓腹而游，才一走动便气咻咻。然对于这样的人我渐渐地抱有同情了。一个人随身永远携带着一二十斤板油，负担当然不小，天热时要融化，天冷时怕凝冻，实在很苦。若遇到饥荒的年头，当然是瘦子先饿死，胖子身上的脂肪可以发挥驼峰的作用慢慢地消受，不过正常的人也未必就有这种饥荒心理。

胖瘦与妍媸有关，尤其是女人们一到中年便要发福，最需要加以调理，或用饿饭法，尽量少吃，或用压缩法，用钢条橡皮制成的腰箍，加以坚韧的绳子细细地绷捆，仿佛做素火腿的方法，硬把浮膘压紧。有人满地打滚，翻筋斗，竖蜻蜓，虾米弯腰，鲤鱼打挺，企求减削一点体重。男人们比较放肆一些，传统的看法还以为胖不是毛病。世说新语记载的王羲之坦腹东床的故事，虽未说明王逸少的腹围尺码，我想凡是值得一坦的肚子大概不会太小，总不会是稀松干瘪的。

听说南部有报纸副刊记载我买皮带系腰的故事。颇劳一些友人以此见询。在台湾买皮带确是相当困难，我在原有皮带长度不敷应用的时候想再买一根颇不易得，不知道是否由于这地方太阳晒得太凶，体内水分挥发太快的缘故，本地的胖子似乎比较少见。我尚不够跻于胖子之林，但因为我向不会作诗，"饭颗山头遇杜甫"的情形是绝不会有的，而且周伯仁"清虚日来滓秽日去"的功夫也还没有做到，所以竟为一根皮带而感到困惑，倒是确有其事。不过情势尚不能算为恶劣。像孚尔斯塔夫那样，自从青春以后就没有看见过自己的脚趾，一跌倒就需要起重机，我一向是引为鉴戒的。

孝

　　元郭居敬撰《二十四孝》以训童蒙，用意甚善，但以现代眼光来看内容颇多不妥。李长之先生曾作《和汉二十四孝图说》书评，刊于天津《益世报》我所主编的《星期小品》第二十四期，其中有这样的一段：

　　　　例如"王祥冰鱼"这件事吧，用人体去解冰，而得鱼，实在太残忍。如果像北方这样厚冰，可说绝非体温所能融化，如果冰不太厚，而体温可融，则体重恐怕又立刻成了问题，会沉下水中。这样的故事，可说完全出自一种虐待狂的想象。在一个健康的民族是不会产生的。我们幸而有原始的王祥故事在着，那是见于孙盛著的《晋阳秋》：

　　　　后母数谮祥，屡以非理使祥，祥弟览辄与祥俱；又虐使祥妇，览妻亦趋而共之。母患方盛，寒冰冻，母欲生鱼。祥解衣，将剖冰求之。会有处，冰小解，鱼出。

这就近情得多。王祥去求鱼，是想剖冰，那便只有用刀斧了，而不是用体温。他之解衣，也只是为了用力的方便，并非想要裸体；至于鱼之出来，乃是偶然，乃是有一块地方冻得不厚，逢巧融化而已。王祥的母亲是一个继母，委屈从命也就罢了，要说冒了性命，用体温去融冰得鱼，那太有些不可理解了。

我曾以台北坊间所印《二十四孝图说》为儿童讲解，讲到郭巨埋儿一段，我感觉到很难讲下去，这个儿童天真地破口大骂郭巨"混蛋"！我为之愕然。因思"孝"是一件最平凡而又最自然的伟大人性之表现，训童蒙应选近情近理之事迹，不宜采取奇特难遇之情况为例证。郭巨埋儿是很难得遇见的情况，埋不见得是孝，不埋亦不见得是不孝。《礼记》："烹熟鲜香，尝而进之，非孝也，养也。"至于牺牲了自己的儿子来养亲，像这种孝法我们难得有实践躬行的机会。

孝父母与爱子女连续起来是一桩事，一是承上，一是启下。偏重承上，与偏重启下，均不得其正。

人在风木兴悲的时候才能完全懂得如何是孝。

清人陆以湉《冷庐杂识》录徐灵胎道情《劝孝歌》，语虽俚而真挚动人，愿抄在这里：

五伦中，孝最先。

两个爹娘，又是残年。

便百顺千依，也容易周旋。

为甚不好好地随他愿？

譬如你诈人的财物，到来生也要做猪变犬。

你想身从何来，即使捐生报答，也只当欠债还钱。

哪里有动不动将他变面！

你道他做事糊涂，说话欹偏，

要晓得老年人的性情，倒像了个婴年，

定然是颠颠倒倒，倒倒颠颠。

想当初你也将哭作笑，将笑作哭，做爹娘的为甚不把你轻抛轻贱，也只为爱极生怜。到如今换你个千埋百怨！

想到其间，便铁石肝肠，怕你不心回意转！

剽窃

顾亭林《日知录》卷二十有这样一段：

凡述古人之言，必当引其立言之人。古人又述古人之言，则两引之。不可袭以为己说也。诗曰："自古在昔，先民有作。"程正叔传易，未济三阳皆失位，而曰："斯义也，闻之成都隐者。"是则时人之言，亦不敢没其人。君子之谦也。然后可与进于学。

他的意思是说：引述古人的言论，要说明那古人是谁；如果古人又引述另一古人的言论，两个古人的姓名都要说明。不可以把古人的议论当作是自己的。《诗经·商颂·那》说："从前古时候，已经有人这样做过。"程正叔（颐）作《易传》，讲到"未济三阳皆失位"，特别声明这个说法是从成都一位隐者听来的。可见纵非古人，而是时人，也不可埋没他。这是君子谦逊的态度。能做到这个地步，然后才可讲到作学问。

这一段文章标题是《述古》，但未限于古，对时人也一样地提到了。他警诫初学的人，为文不可剽窃，他人之美，不可据为己有。并且说这是为学的初步。可谓语重心长。

作硕士论文或博士论文的人，一定受过指导教授的谆谆叮嘱，选题要慎重，要小题大做，搜集资料要巨细靡遗，对于前人的有关著作要尽量研读，引用前人的言论要照录原文，加上引号，在脚注里注明出处，包括版本、年月、页数。按照这些指导原则写出来的论文，大概都有相当的分量。这样的论文，从表面上看，几乎每页都有相当多的脚注，密密麻麻地排在页底，这就说明了作者下过不少功夫，看过不少书，而且老老实实地引证别人的文字而未据为己有。这种论文，本来无需什么重大的发明创见，只要作者充分表现了他的勤恳治学的态度，也就可以及格了。这种态度，英文叫作 intellectual honesty（学术上的诚实），不止硕士博士论文需要诚实，一切学术性文字都必须具备这种美德。

有人以为这种严谨诚实的作风是西方人治学的态度，这就不大合于事实。上引顾亭林《日知录》的一段文字，即足以证明我们中国学者早已注意到这个问题。

剽窃者存有一种侥幸的心理，以为古今中外的图书浩如烟海，偶然偷鸡摸狗，未必就会东窗事发。一般人怕管闲事，纵有发现也不一定会挺身检举。举例来说，从前大陆上出版的图书，此间不易见到。但是偶然也有一些渗漏进来。剽窃者得之如获至宝，放心大胆地抄袭，大段大段的整页整页的一字不易地照抄不误。也有较为狡黠者，利用改头换面移花接木的手法，加以粉饰。但是起先不易得的图书，现在有不少大量翻印流通了，有心人在对比之下就不难发现其中的雷同之处。穿窬扒窃之事，未必都能破案，可是一旦被人逮住，就斯文扫地无可辩解。这种事不值得做。

著书立说，古人看作一件大事，名之为立言，为太上三不朽之一。后来时势不同，煮字疗饥之说不能不为大家所接受。迨至晚近，从事写作的人常自贬为"爬格子的动物"了。但是不管古今有多少变化，有一条铁则当为大家所共守：不可剽窃。

钥匙

扃门之锁曰钥，而启锁之器亦曰钥，一义易混，故又名后者为钥鍉。鍉音匙，今谓之钥匙。

大同之世夜不闭户，当然无需乎锁，从前人家，白昼都是大门敞开，门洞里两条懒凳，欢迎过往人等驻足小坐。到夜晚才关大门，门内有上下插关，此外通常还有一根粗壮的门闩，或竖顶，或横拦，就非常牢靠。只有人口少的小户人家，白天全家外出，门上才挂四两铁。

锁与钥匙最初的形式是简单而粗大，后来逐渐改良，乃有如今精致而小巧的模样。西洋锁有悠久历史，古埃及和希腊都早有发明，晚近的耶鲁锁风行世界。锁与钥匙给人以种种方便，不仅可以扃门，钱柜、衣柜、书柜、货柜，都可以加锁。如果不嫌烦，冰箱、电视、抽屉、手提箱也可以加锁，甚而至于有一种日记本也有锁，藏情书珠宝的首饰箱也有锁。这种种方便，对于有意做贼的人却是不方便，而且对于主人有时也会引起不大不小的不方便。

最尴尬的情形之一是出门忘了带钥匙，而"砰"的一声弹簧锁把自己关在门外。我平均两年之内总有一次出这样的蠢事。我没有忘记自己健忘，我为自己建立良好的习惯，把一束钥匙常串着放在裤袋里，自以为万无一失。有时候换服装，忘了掏出裤袋里的钥匙，而家人均已外出，其结果是只好在门口站岗，常是好几小时。找锁匠来开门也不是可以立办之事。费时误事伤财之外还不能不深自责悔，急出一头大汗。人孰无过，但是屡犯同样过失，只好自承为蠢。记得有一回把自己关在家门外，急得团团转，好不容易请到一位锁匠，不料他向门上瞄了一眼便掉头而去，他说："这样的锁，没法开。"我这才发现我们的门锁有一点古怪，钥匙是半圆形的，钥匙孔也是半圆形的，不知是哪一国的新产品。在这尴尬的情况中有一点沾沾自喜，我有一具不容易被人盗开的锁。

有一种不需钥匙的锁，所谓暗码锁。挂锁上面有四排字，四四十六个字，全无意义相联，转来转去把预定的四个字联成一排，锁就可以打开。这种锁已成古董了。保险箱式的暗码锁则是左转几下，右转几下，再左转几下，再右转几下，锁霍然开。我曾有一个铝质衣柜就有暗锁，我怕忘了暗号，特把暗号写在日记本上。其实柜里没什么贵重东西，暗号锁的装置反倒启人疑窦。如果其中真有什么贵重东西，大力者负之而走，又将奈何？听说有一种锁设有电子装置，不需犬牙参差的钥匙，只要一个录有密码的磁带，插进去引动了锁中小小的电子发动机，锁自然开。如今西方许多家庭车房大门之遥控电锁，当是这种锁之又进一步的发明，人坐在车里，老远地一按钮，车门自然地于隆隆声中自启或自闭。最新的发明是既不用钥匙亦不用按钮，只要主人大喊一声，锁便能辨出主人的声音，呀然而启。想《天方夜谭》四十大盗之"芝麻，开门！芝麻，开门！"亦不过如是。这都是属于尖端科技之类，一般大众一时尚无福消受，我们只好安于一束束的钥匙之缠身的累赘。

我相信每个人抽屉里都有一大把钥匙，大大小小，奇形怪状，而且是年代久远，用途不明。尤其是搬过几次家的人，必定残留一些这样的废物。这与竹头木屑不同，保存起来他日未必有用。

把钥匙分组系在一起不失为良好的办法。钥匙圈尚焉。虽说是小玩意儿，但有些个制作巧妙，颇具匠心。我的钥匙圈十来个都是我的小宠物，还不时地添置新宠。常用的有下述几个：

（一）照片框　心爱的照相两幅剪下装进框内。其中一幅少不得是我和白猫王子的合照。

（二）英文字母　自己的姓氏第一个字L，菁清的姓氏第一个字母H。

（三）铜铃一对　放在袋内，走路时哗铃哗铃响。

（四）小刀　折刀很有用，裁纸削水果都用得着它。

（五）指甲刀　指甲随时需要修剪，不可一日无此君。

（六）小梳　有时候头发吹乱，小梳比五根手指有用。

（七）饼干　方方的一块苏打饼干，微有烤焦斑痕，秀色可餐。

（八）红中　一块红中麻将牌，可能是真的，角上穿孔系链。虽无麻将瘾，看了也好玩。

（九）钱包　可以容纳硬币十枚八枚，打电话足够用。

推销术

　　一位朋友在美国旅行，坐在火车上昏昏欲睡，蓦然觉得肘边一触，发现在椅子上扶手的地方有一张小纸，纸上有十几颗油炸花生，鲜红的、油汪汪的、撒着盐粒的油炸花生。这是哪里来的呢？他回头一看，有一位身材高大的人端着一盘油炸花生刚刚走过去，他手里还拿着一把银匙，他给每人面前放下一张纸，然后挖一勺花生。我的朋友是刚刚入境，尚未问俗，觉得好生奇怪，不知这个人是做什么的。是卖花生的吗？我既没有要买，他也并未要钱。只见他把花生定量配发以后，就匆匆地到另外一个车厢里去了。花生是富于诱惑性的，人在无聊的时候谁忍得住不捏一颗花生往口里送？既送进一颗之后，把馋虫逗起来了，谁忍得住不再拿第二颗？什么东西都好抵抗，唯独诱惑最难抵抗。车上的客人都在蠕动着嘴巴嚼花生了，我的朋友也随着大家吃起来了。十几颗花生是禁不住几嚼的，霎时间，花生吃完了，可是肚子里不答应，嘴里也闹得慌，比当初不吃还难受。正在这难熬的当儿，那个大高个儿又来了。这一回他是提着一个大篮子，里面是一袋一袋的炸花生，两角钱一袋。旅客几乎没有不买一两袋的。吃过十几颗而不再买的也有，那大个子也只对他微微一笑，走过去了。原来起先配发的十几颗是样品，不取值。好精明的推销术！

我的朋友说，还有比这更霸道的。在家里住得好好的，忽然邮差送来一个小小的包裹，打开一看是肥皂公司寄来的两块肥皂，附着一封信，挺客气，恭维你一大顿，说只有你才配用这样超等的肥皂，这种肥皂如果和脸一接触，那感觉就比和任何别种东西接触都来得更为浑身通泰，临完是祝你一家子康健。我的朋友愣住了，问太太，问小姐，谁也没有要买他的肥皂。已经寄来了，就搁着吧。过了很久，也没有下文，不知是在哪一天也就拉扯着用了，也说不上好坏，反正可以起白沫子下油泥就是了。可是两块肥皂刚用完，信来了，问你要订购多少块，每块五角。我的朋友置之不理。过些天第三封信来了。这一回措辞还很客气，可是骨子里有点硬了，他问你什么缘故不订购他的肥皂，是为了价钱吗，是为了香气不够吗，是为了硬度不合吗，是为了颜色不美吗……列举了一大串理由要你在那小方格里打个记号，活像是民意测验。我的朋友火了，把测验纸放进应该放进的地方去。又过了不久，第四封信来了，措辞还是很谦逊，算是偿付那两块肥皂的价钱，便彼此两清了。人的耐性是有限度的，谁的耐性小谁算是输了。我的朋友赌气寄一元钱去，其怪遂绝。

据说某一医生也同样地收到这样的肥皂两块，也接到了四封啰嗦的信。他的应付的方法是寄一小包药片给他，也恭维他一大顿，说只有您阁下才配吃这样的妙药，也问他要订购多少瓶，也问他为什么不满意，最后也是索价一元，但是不用寄钱了，彼此抵销，两清。

这样的情形，在我们国内不易发生。谁舍得把一勺勺花生或一块块肥皂白白地这样品送出去？既送出之后，谁能再收回成本？我们是最现实的，得到一点点便宜之后，绝不会再吐出来的。

可是我们也有我们传统的推销术，我们自古以来就讲究"良贾深藏若虚"。这是以退为进，以柔克刚的老法宝，我有一票货，无需大吹大擂，不必雇一队洋吹鼓手游街，亦无需都倒翻出来摆在玻璃窗里开展览会，更不花冤钱登广告，我干脆不推销，死等着顾客自己上门。买卖做得硬气，门口标明"只此一家，并无分店"。连分店都不肯设，多么倔！但是货出了名自然有人上门，有人几百里跑来买东西。不推销反成为最好的推销术。

这样不推销的推销术，在北平最合适。北平有些店铺，主顾上门，不但不急着兜揽生意，而且于客气之中还寓有生疏之意。例如书店，进得店门，四壁图书虽然塞得满满的，但尽是些普通书籍，你若问他有什么好书，他说没有什么，你说随便看看，他说请看请看。结果是你什么好书也看不见，但是你若去过几次，做成几回生意，情形就不同了，他会请你到里柜坐，再过些时请到后柜坐，升堂入室之后，箱子里的好书、善本陆陆续续地都拿出来了。宋版的、元椠的，琳琅满目，还小声地嘱咐你，不要对外人说，于生意之外，还套着交情。

水果店也有类似的情形。你别看外面红红绿绿地摆着一大堆，有好的也有坏的，顶好的一路却在后面筐里藏着呢！你若不开口要看后面藏着的货色，他绝不给你看。后面筐里，盖着一张张绵纸，揭开一看，全是没有渣儿的上等货。

这种"深藏若虚"的推销术有它的存在的理由，货物并非大量生产，所以无需急于到处推销。如果宋版书一刷就是几万份，也得放在地摊上一折八扣。如果莱阳梨、肥城桃大批运到北平，也不能一声不响地藏在后柜。而且社会相当稳定，买东西的人是固定的那么些个人，今年上门明年一定还来，几十年下来，不能有什么大的变动，所以，小至酸梅汤、酱羊肉、茯苓饼、灌肠、薄脆、豆腐脑，都有一定的标准店铺，口碑相传，绝无错误，如今时代不同了，人口在流动，家族在崩析，到处都像是个码头，今年不知明年事，所以商店的推销术也起了急剧的变化。就是在北平，你看，杂货店开张也要有两位小姐剪彩，油盐店也要装置大号的收音机，饭馆也要装霓虹招牌，满街上奇形怪状的广告，不是欢迎参观，就是敬请比较，不是货涌如山，就是拼命削价，唯恐主顾不上门，——只欠门口再站两个彪形大汉，见人就往里拉！

本篇原载于1947年10月5日天津《益世报·星期小品》第十二期，署名刘惠均。

火

　　忽然听得人声鼎沸，门外有跑步声，如果我有六朝人风度，应该充耳不闻，若无其事者然，这才显得悠闲高旷，管宁、华歆割席的故事我们不该忘怀。但我究竟未能免俗，"风声鹤唳，草木皆兵"，这些年来乱离的经验太多，听见一点声响就悚然而惊，何况是嘈杂的人声发于肘腋，焉能不瞿然而作，一探究竟呢？

　　走到户外，只见西南方一股黑烟矗立在半天空，烧烤的味道扑鼻而来，很显然的，是什么地方失火了。

　　我启开街门，啊，好汹涌的一股人流！其中有穿长袍的，有短打的，有拖着拖鞋的，有抱着吃奶的孩子的，有拄着拐杖的，有的是呼朋引友，有的是全家出发，七姑姑八姨姨，扶老携弱、有说有笑地向着一个方向急行。

　　我随波逐流地到了巷口。火势果然不小。火舌从窗口伸出来舐墙，一团团的火球往天空迸，一阵阵的白烟间杂着黑烟，烟灰被风吹着像是香灰似的扑簌而下。

街上挤满了人，黑压压一片，凡是火的热气烤不着的地方都站满了人，人从四面八方地赶了过来。有一家茶叶铺搬出好几条板凳，招待亲友，立刻就挤满了，像兔儿爷摊子似的，高高的，不妨视线，得看。

有一位太性急的观客，踩了一位女客的脚，开始"国骂"，这是插曲，并不被人注意。

有一个半大的小子爬上树了，得意地锐叫起来，很多的孩子都不免羡慕。

邻近的屋顶上也出现了人，有人骑在屋脊上。

火场里有人往外抢东西，我只见一床床的被褥都堆在马路边上了。箱笼、木盆、席子、热水壶……杂然并陈。

一面是表演，一面是观众，壁垒森严。观众是在欣赏，在喝彩。观众当然不能参加表演。

哗啷哗啷地响，消防队来了，血红的车，晶亮的铜帽，崭新的制服，高筒的皮靴，观众看着很满意，认为行头不错。

皮带照例是要漏水的。横亘在马路上的一截皮带，就有好几处喷泉，喷得有丈把高。路上是一片汪洋。

水像银蛇似的往火里钻，澌澌地响。倏时间没有黑烟了，只剩了白烟，又像是云雾。看样子，烧了没有几间房。

"走吧！没有什么了。"有人说。

老远的还有人跑来，直抱怨，跑一身大汗，没看见什么，好像是应该单为他再烧几间房子才好。

观众渐渐散了，像是戏园子刚散戏。

本篇原载于1947年9月28日天津

《益世报·星期小品》第十一期，署名李敬远。

狗肉

　　我没吃过狗肉，也从来不想吃。

　　有人戏言，吃了狗肉之后，见了电线杆子就想跷起腿来。这当然不足信，不过狗有改不了的一种习惯，想起来令人恶心。经过训练的和经常喂得饱饱的那种狗，大概不至于有那种饥不择食的恶习。普通的狗就难说。记得抗战初年，我有一段时间赁居重庆上清寺一个土丘上的一间房屋，屋门外是一间堂屋，房东三餐都在堂屋举行，八仙桌子挤满了人，大大小小祖孙三代，桌下还有一条不大不小的癞皮狗，名叫"汪子"，大概是它爱汪汪叫的缘故。房东一家吃东西很洒脱，嚼不碎的骨头之类全都随口喷吐，汪子忙得不可开交。几乎没有例外，小孩子一面吃一面就在洋灰地面上遗失，汪子会把东一摊西一摊像"溜黄菜"似的东西舐得一干二净！主人无需打扫，狗已代劳。像这样的狗，其肉岂足食乎？人称狗肉为香肉，不知香从何来？

天下之口有同嗜，是真理的一面，另一面是口嗜不同各如其面。秋风起矣，及时进补。基于吃什么补什么的原理，吃猪脑、吃牛鞭、吃羊肝、吃鸳鸯肉都各有所补。唯独吃狗肉不知是补的哪一门子？古书上不是没有说明，例如，元朝的一位太医忽思慧作《饮膳正要》就说："犬肉味咸温，无毒，安五脏，补绝伤，益阳道，补血脉，厚肠胃，实下焦，填精髓。"这话是对皇帝说的，谅他不敢乱扯。安五脏，心、肝、肺、脾、肾都管得着，又益阳又补血又滋肠胃，狗肉之益大矣哉！《本草纲目》也说，犬之用有三，其一为"食犬，体肥供馔"。狗是给人吃的，六畜里有它，五畜里也有它。而且自古以来，"月令言食犬，燕礼言烹狗"。狗肉上得台面。就是屠狗养母也不失为事亲之一道，《史记·刺客传》，客劝聂政"为狗屠，可以旦夕得甘毳以养亲"。孟子说："鸡豚狗彘之畜，无失其时，七十者可以食肉矣。"好像是老年人非肉不饱，才有资格吃狗肉。总之，狗肉和猪肉、羊肉一样，吃狗肉是我们的传统习惯。

不知什么时候起，吃狗肉之风渐不流行。《史记》记载樊哙"以屠狗为事"，言其为市井无赖之辈。《后汉书》卷二十八将传论谓屠狗者为"轻猾之徒"。屠狗不是体面的事，吃狗肉当然也就不是高雅的事。传说郑板桥嗜狗肉，飨以狗肉则求字求画皆不拒。这究竟是文人怪癖，可资谈助。"挂羊头卖狗肉"之语，正足说明狗肉之贱不能与羊肉比。

士各有志。爱吃狗肉者由他吃去，不干别人的事。西方人以为狗乃人类最好的朋友，一听说中国人吃狗肉，便立刻汗毛倒竖，斥中国人为野蛮。其实中国人祭宗庙，奉"羹献"的时候，西方人尚在茹毛饮血，羹献即是犬牲。我们并不是见了狗就嘴馋的民族。狗和人一样地可以分门别类，《本草纲目》于"食犬，体肥供馔"之外，还列有："甲犬，长喙善猎；吠犬，短喙善守。"行猎守门乃犬的能事，犬当然是人类的朋友，谁也不忍吃它。"狡兔死，走狗烹"是譬喻，猎人从来不会那样的短见，捉完兔子烹狗。不过"体肥供馔"的狗，就另当别论。三十多年前，我道出广州，在菜市中看到一群群小黄狗用绳系在屠户摊位旁边，毛茸茸的、肥嘟嘟的，有人告我这是菜狗，犹如牛中所谓的菜牛，是专供食用的。可见吃狗肉的人至今不绝。

杀肥狗与宰肥猪、宰肥羊无异。我看不出其间有什么文明与野蛮之别。有人不吃猪肉，有人不吃羊肉，有人不吃狗肉，各随其便，犯不着横眉怒目。此间香肉摊贩甚多，肉的来历大概不明。常于昏夜被群狗叫噪之声惊醒，想来是有人在街头行猎。如果是捕杀野犬，应该是有益社会之事，杀而食之也未尝不可。如果被捕之犬是系出名门，则犬主人该负一大部分责任，不该纵犬留连户外。管理狗的办法，西方较为合理，狗要纳税领照，狗要打预防针，狗外出要有皮带系颈，狗颈下要牌示号码。不过有一点西方人还是够野蛮的，人行道上狗矢星罗棋布，没有人管。

街头打狗之事，历来就有，不自今日始，若干年前，我路过浙江嘉善，宿一亲戚家。入门，见椅上、榻上到处都铺设毛皮垫子，黑的、白的、黄的都有，时值隆冬，有此设备亦不足异，夜深人静，主人持巨梃提灯笼，款步而出，小巷萧索，遥闻犬吠。不知主人何时归来的，只听得厨房里刀俎之声盈耳。午餐时，一罇热腾腾的红烧香肉上桌了。主人经常地食其肉而寝其皮。我面对羹献不知所措。

据说金华火腿之所以含有异香，缘有狗腿一只腌于缸内。我的舅父在金华高院任职甚久，查证其事不虚，名之为戌腿，为非卖品。曾取得一只见贻，家君以其难得，设觞大宴宾客。席间以清蒸戌腿一方上，而未言其所以。客人品尝之余，亦未言有异味，有人嫌其太瘦而已。事后家君宣告，此名肴之所自来，客有欲呕而不得者。我当时躬逢盛馔，未敢下箸。

辑 二

乐尽天真

闲来轻笑两三声

人生的几大关键——生、老、病、死，病也要算其中之一。我的主张是：（一）最好不是人；（二）次好是人，而不生病；（三）再次好是不在上海生病；（四）再次好是在上海生病而不吃药……

生病与吃药

不幸生而为人，于是便难免要生病。所以人生的几大关键——生、老、病、死，病也要算其中之一。一般受资本家压迫的人，往往感觉到生病之不应该，以为病是应该生在有钱人的身上。其实病之于人，大公无私，初无取舍，张三的臀部可以生疮，李四的嘴边也许就同时长疔，谁也说不定。不过这吃药的问题，倒不是人人能谈得到的。你说，我病了应该吃药，请你借我几个钱买药，你就许摇头。所以说，病是人人可生，而药非人人得吃也。

听说药有中西之分。听说又有所谓医院者，病人进去之后，有时候也可以治好病。然而医院的资本听说非常之大，所以住医院要比住旅馆还贵一点儿。又尝听说，这个病人死后的开销，有时候就算在那一个人活着时候的账上。这都是道听途说，我生性不好冒险，所以也不知是真是假。

没吃过猪肉的人也许见过猪走；我没住过医院，然亦深知住医院必须喝药水矣。这就是与我们中医异趣了。我们中医大概都秉性忠厚一些，绝不肯打下一针去就让你死去活来，他会今天给你两钱甘草，明天开上三分麦冬，如若你要受罪，他能让你慢慢地受，给你留出从容预备后事的工夫，这便是中医的慈善处。中医之所以历数千年而弗替者，其在是乎？

　　生病吃药，好像是天经地义矣，其实病的好与不好，不必在药之吃与不吃。但是做医生的人，纵或不盼望你常生病，至少也要希望你病了之后去求他开个方子。开了方子之后，你当然不免要到药店买药，做药房生意的人，是最慈悲不过的，时常替病人想省钱的方法。例如鱼肝油是补养的，而你新从乡下来不曾知道，或者就许到一位德医先生处去领教。德医给你试了体温，仔细研究，曰："可以吃鱼肝油矣！"你除了买鱼肝油之外，还要孝敬德医几块。卖药的人，看了这种情形，心中大是不忍，觉得病人药是要买的，而医则大可不必去看。于是他们便借重所谓报纸者，登他一段广告，告诉你什么什么丸包治百病，什么什么机百病包治，什么什么膏能让你不生毛的地方生毛，什么什么水能让你长毛的地方不长毛。只要你留心看报，按图索骥，任凭你生什么稀奇古怪的病，报上就有什么稀奇古怪的药。你买一回药，若不见效，那是因为药性温和了一点，再买点试试看，总有你不幸而早占勿药的一天。住在上海的人可别生病。不是为别的，是因为上海的医生太多，并且个个都好，有新从德国得博士的赵医士，有久留东洋的钱医士，有在某某学校卒业几乎和到过德国一样的孙医士，还有那诸医束手我能医的李医士，良医遍天下，你将何去何从呢？假如你不肯有所偏倚，你只得在这无数良医的门前犹豫徘徊逡巡，就在犹豫徘徊之间，你的病也许就发生变动了。

所以，我的主张是：（一）最好不是人；（二）次好是人，而不生病；（三）再次好是不在上海生病；（四）再次好是在上海生病而不吃药；（五）再次好是在上海生病吃药而不就医；（六）再次好只有希望在下世。我的上面这六个主意，能倒按着次序完全做到。

婚礼

一般人形容一般的婚礼为"简单隆重"。又简单又隆重，再好不过。但是细想，简单与隆重颇不容易合在一起。隆是隆盛的意思，重是郑重的意思，与简单一义常常似有出入。烫金红帖漫天飞，席开十桌八桌乃至二三十桌，杯盘狼藉，嘈杂喧嚣。新娘三换服装，做时装表演，正好违反了蔡邕"一朝之晏，再三易衣，从庆移坐，不因故服"的"女诫"。新郎西服笔挺，呆若木鸡。证婚人语言无味，介绍人嬉皮笑脸，主婚人形如木偶。隆则隆矣，重则未必，更不能算简单。

我国婚礼，自古就不简单。《礼记·昏义》："昏礼者，将合二姓之好，上以事宗庙，而下以继后世也，故君子重之。"传宗接代的事，所以要隆重。"是以昏礼纳采、问名、纳吉、纳征、请期，皆主人筵几于庙，而拜迎于门外。入，揖让而升，听命于庙，所以敬慎重正昏礼也。"随后就是新郎亲迎，女家"筵几于庙"，婿揖让升堂，再拜奠雁。最后是迎妇以归，"共牢而食，合卺而醑"，大事告成。这一套仪式，若干年来，当然有不少的修改，但是基本的精神大致未变，仍是铺张扬厉，仍是以父母为主体，以当事人为主要工具。男娶妇曰授室，女嫁夫曰于归。

民初以来所谓文明结婚的仪式，一直沿用到现在，其实不见得怎样文明。最令人不解的是仪式之中冒出来一个证婚人——多半是一个机关首长什么的，再不就是一位年高确实有征而德劭尚待稽考的人，他的任务是宣读结婚证书，然后说几句空空洞洞的废话。从前有"新娘搀上床，媒人扔过墙"之说，如今则是证婚人等到大家用过印，就被人挟持扶下台。如果他运气好，会有人领他到铺红桌布的主要席次，在新郎新娘高据首席之下敬陪末座。否则下得台来，没有人理，在拥挤的席次之间彷徨逡巡一阵，臊不搭地只好溜走了事。若是婚后数日，男家家长带着儿子媳妇和一篮水果什么的到证婚人家中拜谢，那是难得一见的殊荣。

新娘由两个伴娘左右扶持也就够排场的了，但是近来还经常有人采用西俗，由女方男性家长（或代理家长）挟持着新娘，把她"送给"男方。而且还要按着一架破钢琴（或录音机）奏出的进行曲的节奏，缓缓地以蜗步走到台前。也有人不知受了什么高人导演，一步一停，像玩偶中的机器人一样的动作有节。为什么新娘要由男性家长"送给"人，而不由女性家长把她送出去？为什么新郎老早地就站在那里，等候接收新娘，而不是由家长挟持着把他"送给"新娘？究竟有无道理？

子曰："礼，与其奢也宁俭。"是泛指一般的礼而言，当然也包括婚礼在内。在这里俭也就是简单的意思。西俗婚礼较为简单，但是他们有人还嫌不够简单。从前，苏格兰敦福利县春田乡附近有一个小村落格莱特纳（Gretna），离英格兰西北部的卡利尔只有八里，那个地方的结婚典礼既不需牧师主持，亦不必请领什么证书，更不要预告的那种手续，只要双方当事人对一位证人宣称同意结婚就行了。而那位证人通常是当地的铁匠。一时的私奔的男女趋之若鹜，号称为"格莱特纳草原结婚"（Gretna Green marriages）。这风俗延至一八五六年才告终止。这方式简单之至，实在也没有什么不好，不晓得何以终于废弃。结婚是两个人的事，何须牧师参与其间。男女相悦，欲结秦晋之好，也没有绝对必要征求家长同意。必须要个证人，表示其非私奔，则乡村铁匠最为便当。从前一个乡村铁匠是当地尽人皆知的一个响当当的人物。在铁匠面前，三言两语把终身大事解决了，岂非简单之至？

听说美国近年来有所谓"快速结婚"，南卡罗来纳州迪朗市政府公证处设立了一个结婚礼堂，除耶诞节休息一日外，全年开放，周末还特别延长服务时间。凡年满十六岁男子与年满十四岁女子，无论来自何处，不需体检，不必验血，一律欢迎。只需家长同意，于二十四小时前申请，缴注册费四十元，公证处即派员主持结婚典礼，费时不超过五分钟。结婚人不必穿礼服，任何服装均可，牛仔裤、衬衫、工作服任听尊便。简单迅速，皆大欢喜。五分钟完成婚礼不一定就是不隆重，婚礼本不是表演给人观赏的。我国的公证结婚相当简单，不过也还要有一位法官行礼如仪，似嫌多事。那位法官所披的法衣，白领往往污黑，和新娘的白纱礼服不大相称。公证结婚之后，也曾有人再行大宴宾客，借用学校礼堂操场席开一二百桌，好像是十分风光，实则迹近荒唐，人人为之侧目。当然这种荒唐闹剧也不是完全没有道理的，有人估计，像这样的敬备喜筵可以收回为数可观的喜敬，用以开销尚有余羡。此种行径，名曰"撒网"，距离隆重之义何止十万八千里。

听说有人结婚不在教堂行礼，也不在家里或是餐厅里，而是在运动场里、滑冰场上、游览车中，甚至不在地面上而是在天空的飞机里面。地点的选择是人人有自由的，制造噱头也不犯法。成为新闻，有人还很得意。

然则婚礼如何才能简单隆重？初步的建议是，做父母的退出主办的地位，别乱发请帖，因为令郎令爱的婚事别人并不感觉兴趣，在家里静静地等着抱孙子就可以了。至于婚礼，让小两口子自己瞧着办。

谈幽默

幽默是humor的音译，译得好，音义兼顾，相当传神，据说是林语堂先生的手笔。不过"幽默"二字，也是我们古文学中的现成语。《楚辞·九章·怀沙》："眴兮杳杳，孔静幽默。"幽默是形容山高谷深荒凉幽静的意思，幽是深，默是静。我们现在所要谈的幽默，正是意义深远耐人寻味的一种气质，与词语"幽默"二字所代表的意思似乎颇为接近。现在大家提起幽默，立刻想起原来"幽默"二字的意思了。

"幽默"一语所代表的那种气质，在西方有其特定的意义与历史。据古代生理学，人体有四种液体：血液、黏液、黄胆液、黑胆液。这些液体名为幽默（humours），与四元素有密切关联。血液似空气，湿热；黄胆液似火，干热；黏液似水，湿冷；黑胆液似土，干冷。某些元素在某一种液体中特别旺盛，或几种液体之间失去平衡，则人生病。液体蒸发成气，上升至脑，于是人之体格上的、心理上的、道德上的特点于以形成，是之谓他的脾气性格，或径名之曰他的幽默。完好的性格是没有一种幽默主宰他。乐天派的人是血气旺，善良愉快而多情。胆气粗的人易怒、焦急、顽梗、记仇。黏性的人迟钝，面色苍白、怯懦。忧郁的人贪吃、畏缩、多愁善感。幽默之反常状态能进一步导致夸张的特点。在英国伊丽莎白时代，"幽默"一词成了人的"性格"（disposition）的代名词，继而成了"情绪"（mood）的代名词。到了一六〇〇年代，常以幽默作为人物分类的准绳。从十八世纪初起，英语中的幽默一语专用于语文中之足以引人发笑的一类。幽默作家常是别具只眼，能看出人类行为之荒谬、矛盾、滑稽、虚伪、可哂之处，从而以犀利简捷之方式一语点破。幽默与警语（wit）不同，前者出之以同情委婉之态度，后者出之以尖锐讽刺之态度，而二者又常不可分辨。例如莎士比亚创造的人物之中，福斯塔夫滑稽突梯，妙语如珠，便是混合了幽默与警语之最好的榜样之一。

"幽默"一词虽然是英译，可是任何民族都自有其幽默。常听人说我们中国人缺乏幽默感。在以儒家思想为正统的社会里，幽默可能是不被鼓励的，但是我们看《诗经·卫风·淇奥》，"善戏谑兮，不为虐兮"，谑而不虐仍不失为美德。东方朔、淳于髡，都是滑稽之雄。太史公曰："天道恢恢，岂不大哉？谈言微中，亦可以解纷。"为立滑稽列传。较之西方文学，我们文学中的幽默成分并不晚出，也并未被轻视。宋元明理学大盛，教人正心诚意居敬穷理，好像容不得幽默存在，但是文学作家，尤其是戏剧与小说的作者，在编写行文之际从来没有舍弃幽默的成分。几乎没有一部小说没有令人绝倒的人物，几乎没有一出戏没有小丑插科打诨。至于明末流行的笑话书之类，如冯梦龙《笑府序》所谓"古今世界一大'笑府'，我与若皆在其中供话柄，不话不成人，不笑不成话，不笑不话不成世界"，直把笑话与经书子史相提并论，更不必说了。我们中国人不一定比别国人缺乏幽默感，不过表现的方式容或不同罢了。

我们的国语只有四百二十个音缀，而语词不下四千（高本汉这样说）。这就是说，同音异义的字太多，然而这正大量提供了文字游戏的机会。例如诗词里"晴""情"二字相关，俗话中生熟的"生"与生育的"生"二字相关，都可以成为文字游戏。能说这是幽默吗？在英国文学里，相关语（pun）太多了，在十六世纪时还成了一种时尚，为雅俗所共赏。文字游戏不是上乘的幽默，灵机触动，偶一为之，尚无不可，滥用就惹人厌。幽默的精义在于其中所含的道理，而不在于舞文弄墨博人一粲。

所以善幽默者，所谓幽默作家（humourists），其人必定博学多识，而又悲天悯人，洞悉人情世故，自然地谈唾珠玑，令人解颐。英小说家萨克莱于一八五一年作一连串演讲——《英国十八世纪幽默作家》，刊于一八五三年，历述绥夫特、斯特恩等的思想文字，着重点皆在于其整个的人格，而不在于其支离琐碎的妙语警句。幽默引人笑，引人笑者并不一定就是幽默。人的幽默感是天赋的，多寡不等，不可强求。

王尔德游美，海关人员问他有没有应该申报纳税的东西，他说："没有什么可申报的，除了我的天才之外。"这回答很幽默也很自傲。他可以这样说，因为他确是有他一分的天才。别人不便模仿他。我们欣赏他这句话，不是欣赏他的恃才傲物，是欣赏他讽刺了世人重财物而轻才智的陋俗的眼光。我相信他事前没有准备，一时兴起，乃脱口而出，语妙天下，讥嘲与讽刺常常有幽默的风味，中外皆然。

我有一次为文，引述了一段老的故事：某寺僧向人怨诉送往迎来不胜其烦，人劝之曰："尘劳若是，何不出家？"稿成，投寄某刊物，刊物主编以为我有笔误，改"何不出家"为"何必出家"，一字之差，点金成铁。他没有意会到，反语（irony）也往往是幽默的手段。

痰盂

有许多从前常见的东西，现在难得一见，痰盂即是其中之一。也许是我所见不广，似乎别国现在已无此种器皿。这一项我国固有文物，于今也式微了。

记得小时候，家里每间房屋至少要有痰盂一具。尤其是，两把太师椅中间夹着一个小茶几，几前必有一个痰盂。其形状颇似故宫博物院所藏宋瓷汝窑青奉华尊。分三个阶段，上段是敞开的撇口，中段是容痰的腹部，圆圆凸凸的，下段是支座。大小不一，顶大的痰盂高达二尺，腹部直径在一尺开外，小一点的西瓜都可以放进去。也有两层的，腹部着地，没有支座，更简陋的是浅浅的一个盆子就地擦，上面加一个中间陷带孔的盖子。瓷的当然最好，一般用的是搪瓷货。每天早晨清理房屋，倒痰盂是第一件事。因为其中不仅有痰，举凡烟蒂、茶根、漱口水、果皮、瓜子皮、纸屑，都兼容并蓄，甚至有时也权充老幼咸宜的卫生设备。痰盂是比较小型的垃圾桶，每屋一具,多方便! 有人还嫌不够方便,另备一种可以捧的小型痰盂,考究的是景泰蓝制的,普及的是锡制的,圆腹平底,而细颈撇口,放在枕边座右,无倾覆之虞,有随侍之效。

我们中国人的体格好像是异于洋人,痰特多。洋人不是不吐痰,因为洋人也有气管与支气管,其中黏膜也难免有分泌物,其名亦为痰,他们有了痰之后也会吐了出来,难道都咳到了口中再从食管里咽下去? 不过他们没有普设的痰盂,痰无处吐。他们觉得明目张胆地吐在地上不太妥当,于是大都利用手帕,大概是谁也不愿洗那样的手帕,于是又改换用了就丢的纸巾,那纸巾用过之后又如何处理,是塞进烟灰缸里还是放进衣袋归遗细君,那就各随各便了。

记得老舍有一短篇小说《火车》,好像是提到坐头等车的客人往往有一种惊人的态势,进得头等车厢就能"吭"的一声把一口黏痰从气管里咳到喉头,然后"咔"的一声把那口痰送到嘴里,再"啐"的一声把那口痰直吐在地毯上。"吭、咔、啐"这一笔确是写实,凭想象是不容易编造出来的。地毯上不是没有痰盂,但要视若无睹,才显出气派。我曾亲眼看见过一对夫妇赴宴,饭后在客厅落座,这位先生大概是湿热风寒不得其正,一口大痰涌上喉来,"咔"的一声含在嘴里,左顾右盼,想要找一个痰盂而不可得,俨然是一副内急的样子,又缺乏老舍所描写的头等火车客人那样的洒脱,真是狼狈之极。忽地他福至心灵,走到他夫人面前,取过她的圆罐形的小提包,打开之后，"唪"的一声把一口浓痰不偏不倚地吐在小提包里，然后把皮包照旧关好，扬长而去。这件事以后有尤下文，不得而知。当时在座的人都面面相觑，他夫人脸上则一块红一块紫。其实这件事也还不算太不卫生。我记不得是哪一部笔记，记载着一位最会歌功颂德而且善体人意的宦官内侍，听得圣上一声咳嗽，赶快一个箭步，窜到御前，跪下来仰头张嘴，恭候圣上御唪在他的口里，时人称为"肉痰盂"。

明朝医学家张介宾作《景岳全书》，对于痰颇有妙论："痰，即人之津液，无非水谷之所化。此痰亦既化之物，而非不化之属也。但化得其正，则形体强荣卫充。而痰涎本皆血气，若化失其正，则脏腑病，津液散，而血气即成痰涎，此亦犹乱世之盗贼，何孰非治世之良民？但盗贼之兴，必由国运之病，而痰涎之作，必由元气之病。……盖痰涎之化，本因水谷，使果脾强胃健如少壮者流，则随食随化，皆成血气，焉得留而为痰？唯其不能尽化，而十留一二，则一二为痰矣，十留三四，则三四为痰矣，甚至留其七八，则但见血气日消，而痰涎日多矣。"这一段话说得很动听，只是"血气""元气"等语稍为玄妙一些。国人多痰，原来是元气不足。昔人咏雪有句："一夜北风寒，天公大吐痰，旭日东方起，一服化痰丸。"这位诗人可谓能究天人之际了。

化痰丸有无功效，吾不得而知，唯随地吐痰罚金六百之禁令迄未生效，则是尽人皆知之事。多少人多少人好像是仍患有痰迷心窍之症。在缅怀痰盂时代已成过去之际，前几年忽然看到一张照片，眼睛为之一亮。那是美国总统尼克松访问大陆那一年在居仁堂被召见时的一张官式留影，主客二人，中间赫然矗立着一具相当壮观的痰盂！痰盂未被列入旧物之列而被破除，真可说是异数了。

珠履三千

《史记》："春申君客三千余人，其上客皆蹑珠履。"鞋上缀几颗珍珠，并不一定雅观，只是形容豪门食客之骄奢而已。究竟三千余人并非个个都蹑珠履，仅限于上客才有此殊荣，然而亦足以夸耀一时，骇人听闻。

至若一个人而拥有名鞋三千双，宁非咄咄怪事？

菲律宾前第一夫人伊美黛偕乃夫仓皇离开马拉坎南宫的时候，虽然辎重财宝填满了两架飞机，有许多东西仍然不能不忍痛割舍了，其中的一项是她的三千双鞋。

一九八六年三月二十四日的《新闻周刊》这样的报道：

> 三千双鞋，八吋半的尺码。五架柜没使用过的意大利古奇牌手提包，附带着价格标签尚未除去。五百条乳罩，大部分是黑色的，还有一大箱的腰带，腰围四十到四十二吋不等。大瓶香水，若干罐狄欧

牌皱纹霜，一个可以走进人的保险箱里面，乱放着好几十个空首饰匣。上个星期马可仕夫妇的宫殿开放给人游览，外国人和本国人看了第一夫人留下的东西，无不为之傻眼。一位美国访客，众议员斯提芬·索拉兹，说："这是我从未见过的骄奢淫逸之最恶劣的一例。若把玛利·安朵奈和她相比，真是小巫见大巫。"

过了不久，四月十四日的《新闻周刊》又有报道，是马可仕先生的怨诉：

马可仕先生接受ABC美国广播公司记者访问时，抱怨一切对他私人事务的探索，坚称在国际公法之下"一个国家的前任元首具有某种免于被人追究的权利，以保护其尊严。"记者科排尔却不顾他的尊严，问他伊美黛为什么有三千双鞋。"唉，她是弄到了各种各样的鞋，"他承认，"她大概是每天要换两双鞋。"他解释说，伊美黛存有这许多鞋，是预备穿二十年的。马可仕驳斥了有关伊美黛过分奢侈的故事。"出国购物的故事是捏造的，"他说，"全是谎言。"马可仕声称，他的家财的数量也被形容得过分。"目前我们很穷，"他抱怨，"我们没有钱可以动用。"这位前总统，他没有钱付医药费和食物费，因为"一切银行存款皆被冻结了"，不解释还好，越描越黑。

鞋三千，不是一个小数目，普通的一个鞋店未必能有宽绰的空间展示或存储那么多的货品。伊美黛的鞋，据《新闻周刊》所附图片，是贮放在有玻璃拉门的鞋柜里面，一目了然，可以伸手取放。图片仅显示了一只半鞋柜的部分情形，据推测一只鞋柜分五格，每格置十双鞋于前排，又十双于后排，是每只鞋柜存放鞋一百双。须有三十只鞋柜才能放得下三千双鞋！至少须有三五十坪的空间才能放得下三十只鞋柜！我们普通人家能有三五十坪居住空间，便算是相当优裕，然而仅足这位第一夫人放置她的鞋！然而马可仕先生不承认其夫人是过分奢侈。

晋人阮孚有怪癖，常自吹火蜡屐，自言自语地叹道："未知一生当着几量屐。"他是有感于人生苦短，不知一辈子能穿几双鞋。他大概万想不到后世有人藏有三千双鞋准备二十年穿。我相信伊美黛一定也有鞋癖，她不会把二十年所有生活必需品都逐项储积起来，她只是收藏了三千双鞋而已。例如她的乳罩就只有五百条。她的鞋都是很考究的舶来品，细看那图片即可见一斑，也许是购自巴黎，也许是购自意大利。买鞋不能派人代办，非自己挑选试穿不可，所以这位第一夫人不能不经常出国旅游大肆采购。然而马可仕先生说出国大肆采购的故事是捏造的，完全是诳言！

人至贵显，便容易作威作福，忘其所以。不过像伊美黛那样的大手笔，历史上还是少见的。我猜想，她可能是心理上有毛病，可能是患了一种精神病，即所谓"购买狂""Ontomania"。染上这种病的人，看见东西就要买，直到囊中金尽而后已。设若赀财来源没有限制，有全体民脂民膏做后盾，则其购买量亦必大得惊人。三千双鞋的由来，也许就是为了满足她一时的欲望。说什么一天换两双，供二十年用，瞎扯！

讲到这三千双鞋，不禁想起《书经》上的一句话："天非虐，唯民自速辜。"天不虐待人，是人自己造孽！

孔诞日与教师节

今天是孔诞日与教师节，两个好日子落到同一天，甚有意义。

其实孔子诞日究竟是哪一天，颇费推敲。据史书记载，孔子生于鲁襄公二十一年十一月庚子日，按照周历十一月算是正月，所以《史记》就把鲁襄公二十一年写作二十二年。十一月庚子日是八月二十七日，这是依阴历的说法。我国改用阳历后，却依旧以八月二十七日为孔子诞辰。按阳历推算，阴历八月二十七日应该是阳历九月二十八日，故从一九五二年起，乃改以每年阳历九月二十八日为孔子诞辰。

孔子德侔天地，万世师表，所以从一九五二年起政府明定以孔子诞日为教师节。一面中枢祭孔，一面各地举行敬师的活动。可见孔子与教师的关系十分密切。

尊师重道是我国传统中很重要的一个项目。说得最透彻的我以为无过于《荀子·大略》篇的这几句话："国将兴，必贵师而重傅。贵师而重傅，则法度存。国将衰，必贱师而轻傅。贱师而轻傅，则人有快。人有快，则法度坏。"（"快"是恣肆的意思。）直把尊师当作国之兴衰的主要原因。所谓尊师并不仅是对于教师个人表示敬意与慰劳，更重要的是对于教师所传的道表示重视。道是什么？道就是我国文化的传统，包括学术道德的全部。所以尊师重道四个字总是连起来说。因为重道，所以才尊师。

不要以为师的责任在传道，师便是泥古而且保守。孔子曰："温故而知新，可以为师矣。"温故是熟习故旧的学问，新是研讨新的知识，亦即所谓博古通今。

能温故知新才合于为师之道。换言之，为师者本身需要不断地进修，随时充实自己，不但充实本身的学问，而且"学不厌，诲不倦"的精神也可以为后生小子的楷模。自从近代教育趋重专业分科，一般学子以及教师渐有偏重新知疏于温故之势。王充《论衡》："温故知新，可以为师，古今不知，称师如何？"温故知新，应该并重。用现代语来说，我们需要专门知识，也要通才教育。博古通今的教师才能负起承上启下的重担。

"经师易遇，人师难遭。"（语见《后汉书·灵帝纪上》）所谓人师，乃德行才识并皆卓越，可以为人师表者，不仅专治一经，不必在朝在位。《荀子·儒效》篇："近者歌讴而乐之，远者竭蹶而趋之，四海之内若一家，通达之属莫不从服，夫是之谓人师。"盖极形容德学俱隆之士之所以为大众所推崇。像这样的人师之最高的表率当然是孔子。

孔子一生的遭遇并不顺利，虽然他不是没有学而优则仕的机会。刘向《说苑·立节》篇有一段关于孔子的故事：

> 孔子见齐景公，景公致廪丘以为养，孔子辞不受，出为弟子曰："吾闻君子当功以受禄。今说景公，景公未之行，而赐我廪丘，其不知丘亦甚矣！"遂辞而行。

（廪丘，古邑名；致廪丘以为养，以其邑之收益为供养之资。）《吕氏春秋》也有同样的记载，并附以评语："孔子布衣也，官在鲁司寇，万乘难与比行，三王之佐不显焉，取舍不苟也夫！"这就是孔子的人格，不为利诱。就孔子不见阳货一事而论，也可看出他的操守。像他这样耿介的人，只好栖栖惶惶地周游列国之后专心教诲他的生徒了。孔子弟子三千余人，真是桃李满天下，虽然他周游的区域不广，大概不出今之河南山东两省，在当时能拥有这样多的徒众，其声誉之隆可想而知。

设帐授徒是清苦的事，古今中外莫不皆然。子曰："士志于道而耻恶衣恶食者，未足与议也。"所以他就夸奖子路："衣敝缊袍，与衣狐貉者立而不耻者，其由也与？"孔子心目中的君子是"食无求饱，居无求安"，"发愤忘食，乐以忘忧"。孔子安贫乐道的作风，一直影响到如今许多人士。今之世有集体罢工要求加薪者、有集会提议自行调整待遇者，尚少闻教师有争取更多的束脩者。投身教师行列者，本应志不在此。

由于时代不同，今之师生关系和以往大有差异。孔子弟子三千，真及门而比较长期受教身通六艺者不过七十余人。孔子为人师大概有四十年的经验。如今我们的学校教师届退休年龄者有几位说得出七十几个学生的姓名？如今学校与教师之间有聘约，类似雇佣的关系，而学生近似顾客。学生人数众多，师生接触机会很少。我国学生素无发问的习惯，教师上课几乎全是一人表演性质。师生的关系渐渐其淡如水。

我想老师所能得到的真正的快乐，不是区区的一点奖金，也不是一纸奖状或一块匾额，更不是一席饮宴，或是被邀游园，而是看着一批批的青年学子健康地成长，而且其中很多能在学术事功上卓然有成。

孔子是一个谦逊的人。他说："我非生而知之者；好古，敏以求之者也。"他不是天才，但是他肯用功。而且"知之为知之，不知为不知"，他有所谓"知识上的诚实"，尤足为人师法。在这孔诞与教师节的今天，为人师者于欢欣鼓舞之余，恐不免要追思孔子的风范，而益奋发砥砺，以期教学相长。

让座的惨剧

电车里让座，是我到上海来后五个月才发现的一件新闻。至于我自己实行这件美德，那就更是晚近的事了。我愿赌咒说一句良心话：我真不愿意让座，至少我的两条腿真不愿意让座。然而一个人不只是两条腿，所以我终于染了这一件不是从心眼里愿意做的美德。我这个人，又爱多事，没事的时候，喜欢看看报，于是乎知道现今有所谓男女平等运动者。这一来，不打紧，我在让座的时候，心里便有些不安起来。我唯恐不小心，触犯了女性的尊严，同时又叫我的腿白白受了委屈。话虽如此，一个二十多岁的人，骨头是长成了，有什么毛病也很难改，所以让座的这个习惯，我实行了一年多，几乎每天都不能免。日积月累，经验渐渐地丰富了。让座本来是个悲剧，在我这方面是悲剧，也许在对方是个喜剧，然而也有时竟演出惨剧来。容我慢慢道来。

一

一位中年妇人，看上去很像一位规规矩矩的妇人。因为她的装束，一点也不像上海人的装束。她走上车来，从许多块人肉中间挤来挤去，最后挂在我面前的那个藤钩上了。我当时就想此时不让，更待何时？于是乎，我便极力模仿漂亮的上海人的态度，抽身起来。哪里知道，我的身体离开座位不过才五六寸的样子，就觉得有两半个热烘烘的臀部从四十五度的斜角的方向斜射过来。定睛看时，原来是一位堂堂的大丈夫稳稳当当地坐在那里了。他的胆量真不小，抬起头来看看我。

二

乡下人脸上戴幌子，一望而知。有一天，我在电车里，看见一位妇人，脸上的乡下人气一点也不曾洗掉，就和前两年的我差不多。后面还跟着一位男人，穿着白夏布大衫，满脸大汗，那大衫的袖口大概只有三四寸宽罢。这一对男女没有坐的地方，同时他们的模样也实在不像有令人让座的资格，所以在电车上竟东歪西倒地乱滚起来。其实他们离我还远，不干我的事，不过我本乡下人，不免有同类相怜之意，于是立起身来，喊那个妇人来坐。那妇人和那男子走了过来，看看只空出一个人的座位，那位穿白夏布大衫的人竟不假思索坐下去，那妇人也笑嘻嘻地认为是一个很满意的解决。然而我心中悲惨！

三

　　是一位头发斑白的老太太，又同着一位半老的太太，两位一面上车，一面叽里呱啦地有说有笑，她们的四只眼睛像老鼠般地左右视察，不消说是寻座位了。我想她虽然是一个老太太，终究是个妇女，似乎也应该在必让之列。于是我又慷而且慨地立起身来。哪里晓得，我尚未完全立起，那老太太早一眼瞥见，作饿虎扑吃状，直扑过来，并且伸出胳臂把我一拨，我险些儿跌到别人的身上去。我当时心想，这位老太太平常不定是吃什么千龄机万龄机的，否则哪里来的偌大气力？然立定之后，再仔细观察，那两位太太都挤在我让出的那一个座上了。

　　像这样的惨剧不知有多少！若全写出来又未免太惨了。然而座还是不能不让的。除非有一天，男女真平等了，谁也不让谁座，或谁都让谁座，到那时候，惨剧就少了。

疟

对于一个生病的人，我们总有几分同情，除非我们是专门以人家的痛苦为自己的利益的那种人。我们看见一个面黄肌瘦伏枕呻吟的人，我们绝不会再嘲弄他。唯独对于一个患疟的人，则往往不然。患疟者发寒时，牙齿相击有声，发热时，身盖大被不暖，时而红头涨脸，时而面色土白，终于是面皮焦黄，目眶深陷，耳朵枯卷，脑壳抽缩得像一根磬槌儿似的，一副憔悴狼狈之态，引得旁观的女士窃窃失笑，其意若曰："看！看那小发的人！"

一般人并不是一定都硬心肠，并不一定那样缺乏同情心。一般人以为疟不致命，时间时歇地发作几回，把人弄得三分像人七分像鬼，几十颗金鸡纳霜落肚之后，依然一条好汉。这就如同看见一般人踏着香蕉皮而跌得四脚朝天，有些行人也不免要报之以大笑一般。所以疟也常常成为被人嘲笑的资料。

这种情形，自古已然。《世说新语·言语篇》就有这样的记载：

> 中朝有小儿，父病，行乞药。主人问病，曰：
> "患疟也。"主人曰："尊侯明德君子，何以病疟？"
> 答曰："来病君子，所以为疟耳。"

好像一染疟疾，就证明其非君子的样子。这种病太讨厌
了，既伤身体，又损盛德，苦痛艰难而为天下人笑！

旧传疟有疟鬼，躯体甚小，善为人祟，所以治疗的方法往
往也就很玄奥。《唐诗纪事》有这样的记载：

> 有病疟者，子美曰："吾诗可以疗之，'夜阑更
> 秉烛，相对如梦寐'。"其人诵之，未愈。曰："更诵
> 吾诗'子璋髑髅血模糊，手提掷还崔大夫'。"诵之，
> 果愈。

其人是谁，固无可考。我们觉得奇怪的是，杜子美既有这
样的灵药在握，而且是两副，一副比一副凶，何以他老人家
万里投荒，辗转川巴，直嚷"三年犹疟疾"，"疟疠三秋孰可
忍"，而不知道诵一遍他自己的诗？杜子美之"太瘦生"，我
想大概就不是为了"作诗苦"，恐怕就是疟疾闹的。不过话说
回来，杜诗疗疟，其事确有可征。清初有一位卢元昌先生，他

自称：

> 乙巳秋，余遘疟甚，客告曰："世传杜少陵诗，'子璋髑髅血模糊'句，诵之可止疟。"予怪之。继而稽诸集，乃少陵《戏作花卿歌》中句也。遂辍药杵，将全集从头潜咏之，未两卷，予忘乎疟，疟竟止。

这位卢先生真是健忘，读诗而把病都忘了。这种治疗法胜似药杵多多。查近人似乎也有应用此种精神治疗法的，临到将要发病之际，辄外出寻乐，据云并不甚验。

我们北地人从来不知疟为何物，儿时读《水浒》读到武松患疟，蹲在房檐下烤火盆，宋江不留心一脚踢翻了炭盆，给武松吓出一身汗，病也好了，读到这一段总觉得怪好笑的，总以为这是小说里的事。如今天下不靖，丧乱之余，疟鬼也跟着人而远徙四方，像我住在北地的人亦不免为疟鬼所苦了。病魔缠身，我将做些什么事才能把它忘记呢？

本篇原载于1947年10月26日天津《益世报·星期小品》第十五期，署名李敬远。

电话

清末民初的时候，北平开始有了电话，但是还不普遍。我家里在民国元年①装了电话，我还记得号码是东局六八六号。那一天，我们小孩子都很兴奋，看电话局的工人们蹿房越脊牵着电线走如履平地，像是特技表演。那时候，一般人都称电话为"德律风"，当然是译音。但是清末某一位上海人的笔记，自作聪明，说德律风乃西洋某发明家之姓氏，因纪念他的发明，遂以他的姓氏名之。那时的电话不似现在的样式，是钉挂在墙上的庞然大物，顶端两个大铃像是瞪着的大眼睛，下面是一块斜木板，预备放纸笔什么的样子，再下面便像是隆起的大腹，里边是机器了。右手有个摇尺，打电话的时候要咕噜咕噜地猛摇一二十下，然后摘下左方的耳机，嘴对着当中的小喇叭说话、叫号。这样笨重的电话机，现在恐怕只有博物馆里才得

① 即一九一二年。

一见了。外边打电话进来，铃声一响，举家惊慌奔走相告，有的人还不敢去接听，不知怕的是什么。

从前的人脑筋简单，觉得和老远老远的人说话一定要提高嗓门，生怕对方听不到，于是彼此对吼，力竭声嘶。他们不知道充分利用电话，没有想到电话里可以喁喁情语，可以娓娓闲聊，可以聊个把钟头，可以霸占线路旁若无人。我最近看见过一位用功的学生，一面伏案执笔，一面歪着脑袋把电话耳机夹在肩头上，口里不时地念念有词，原来是在和他的一位同学长期交谈，借收切磋之效。老一辈的人，常以为电话多少是属于奇淫技巧一类，并不过分欣赏，顶多打个电话到长发号叫几斤黄酒，或是打个电话到宝华春叫一只烧鸭子的时候，不能不承认那份方便。至若闲来没事找个人聊天，则串门子也好，上茶馆也好，对面晤谈，有说有笑，何必性急，玩弄那个洋玩意儿？

后来电话渐渐普遍，许多人家由"天棚鱼缸石榴树"一变而为"电灯电话自来水"的局面。虽说最近有一处擦皮鞋的摊子都有了电话，究竟这还是一项值得一提的设备，房屋招租广告就常常标明带有电话。广告下不必说明"门窗户壁俱全"，因为那是题中应有之义，而电话则不然了。

尽管电话还不够普遍，但是在使用上已有泛滥成灾之势。我有一位朋友颇有科学头脑，他在临睡之前在电话上做了手脚，外面打电话进来而铃不响，他可以安然地高枕而眠。我总觉得这有一点自私，自己随时打出去，而不许别人随时打进来。可是如果你好梦正酣，突被电话惊醒，大有可能对方拨错了号码，这时候你能不气得七窍生烟吗？如果你在各种最不便起身接电话的时候，而电话铃响个不停，你是否会觉得十分扫兴、狼狈、愤怒？有人给电话机装个插头，用时插上，不用时拔下，日夜安宁，永绝后患。我问他："这样做，不怕误事吗？"他说："误什么事？误谁的事？电话响，有如'夜猫子进宅'，大概没有好事。"他的话不是无理，可是我狠不下心这样做。如果人人都这样的壁垒森严，电话就根本失效，你打电话去怕也没有人接。

电话号码拨错，小事一端，贤者不免，本无需懊恼，可恼的是对方时常是粗声粗气，一觉得话不对头，便呱嗒一声挂断，好像是一位病危的人突然断气，连一声"对不起"都没来得及说，这时节要我这方面轻轻把耳机放好我也感觉为难。

电话机有一定装置的地方，或墙上，或桌上，或床头。当然也有在厨房或洗手间装有分机的。无论如何，人总有距离电话十尺、二十尺开外的时候，铃响之后，即使几个箭步蹿过去接，也需要几秒钟的时候。对方往往就不耐烦了，你刚拿起耳机，他已愤而断绝往来。有几个人能像一些机关大老雇得起专管电话的女秘书？对方往往还理直气壮地责问下来："为什么电话没有人接？"我需要诌出理由为自己的有亏职守勉强开脱。

电话打通，谁先报出姓名身份，没有关系，先道出姓名的一方不见得吃亏，偏偏有人喜欢捉迷藏。"喂，你是哪里？""你要哪里？""我要×××××××号。""我这里就是。""×××在不在家？""你是哪一位？""我姓W。""大名呢？""我是×××。""好，你等一下。"这样枉费唇舌还算是干净利落的，很可能话不投机，一时肝火旺，演变成小规模的口角。还有比这个更烦人的："喂，你猜我是谁？猜猜看！怎么连我的声音都听不出来？"对于这样童心未泯的戴着面具的人，只好忍耐，自承愚蠢。

电话不设防，谁都可以打进来。我有时不揣冒昧，竟敢盘诘对方的姓名身份，而得到的答话是："我是你的读者。"好像读者有权随时打电话给作者，好像作者应该有"售后服务"的精神。我追问他有何见教，回答往往是：某一个英文字应该怎样讲、怎样读、怎样用；某一句话应该怎样译；再不就是问英文怎样可以学好。这总是好学之士，我不敢怠慢，请他写封信来，我当书面答复。此后多半是音讯杳然，大概他认为这是小事，不值得一操翰墨吧。

辑 三

品尝滋味

人生忽如寄，不负
茶、汤、好天气

馋，则着重在食物的质，最需
要满足的是品味。上天生人，
在他嘴里安放一条舌，舌上还
有无数的味蕾，教人焉得不馋？
馋，基于生理的要求；也可以
发展成为近于艺术的趣味。

海参

　　海参不是什么珍贵的东西。但是干货，在烹调之前先要发开。发海参的手续不简单，需要很长时间（现在市场有现成发好的海参，从前是没有的）。所以从前家常菜里没有海参，只有餐馆里或整桌席里才得一见。

　　我一向以为外国人不吃海参，他们看见我们吃海参，一定以为我们不是嘴馋便是野蛮，连"海胡瓜"都不肯饶。其实是我孤陋寡闻，外国人也吃海参，不过他们的吃法不同。他们吃我们要刮去丢掉的海参里面那一层皮，而我们吃他们所要丢掉的海参外面带刺的厚厚一层胶质。活的海参，我在外国的水族馆里看见过，各种颜色具备，黑的、白的、棕色的、斑驳的。鼓鼓囊囊的，不好看。鲜的海参，没吃过。

　　因为海参并不太珍贵，所以在饭庄子里所谓"海参席"乃是次等的席，次于所谓"鱼翅席""燕翅席"。在海参席里，海参是主菜，通常是一大盘"趴烂海参"，名为趴烂，其实还是卜楞卜楞的居多。如果用象牙筷子去夹，还不大容易平平安安地夹到嘴边。

餐馆里的一道名菜"红烧大乌"，大乌就是黑色的体积特大的海参，又名乌参。上好的海参要有刺，又叫刺参。红烧大乌以淮扬馆子做得最好。五十年前北平西长安街一连有十几家大大小小的淮扬馆子，取名都叫什么什么"春"，我记不得是哪一家春了，所做红烧大乌特别好。每一样菜都用大小不同的瓷盖碗。这样既可保温又显得美观。红烧大乌上桌，茶房揭开碗盖，赫然两条大乌并排横卧，把盖碗挤得满满的。吃这道菜不能用筷子，要使羹匙，像吃八宝饭似的一匙匙地挑取。碗里没有配料，顶多有三五条冬笋。但是汁浆很浓，里面还羼有虾子。这道菜的妙处，不在味道，而是在对我们触觉的满足。我们品尝美味有时兼顾到触觉。红烧大乌吃在嘴里，有滑软细腻的感觉，不是一味的烂，而是烂中保有一点酥脆的味道。这道菜如果火候不到，则海参的韧性未除，隐隐然和齿牙作对，便非上乘了。我离开北平之后还没尝过标准的海参。

凉拌海参又是一种吃法。夏天谁都想吃一点凉的东西，酒席上四个冷荤，其实不冷，不如把四个冷荤免除，换上一大盘凉拌海参。海参煮过冷却，切成长长的细丝，越细越好，放进冰箱待用。另外预备一小碗三合油（即酱油醋麻油），一小碗稀释了的芝麻酱，一小碟蒜泥，上桌时把这配料浇在海参上拌匀，既凉且香，非常爽口，比里脊丝拉皮好吃多了。这是我先君传授给我的吃法，屡试皆受欢迎。

黄鱼

　　黄鱼，或黄花鱼，正式名称是石首鱼，因为头里有两块骨头其硬如石。我国近海皆有产，金门澎湖一带的尤其肥大，几乎四季不绝。《本草·集解·志曰》："石首鱼出水能鸣，夜视有光，头中有石，如棋子。一种野鸭头中有石，云是此鱼所化。"这是胡扯。黄鱼怎会变野鸭？

　　黄鱼有一定的汛期，在平津一带，春夏之交是黄鱼上市的时候。到这时候，几乎家家都大吃黄鱼。我家的习惯，是焖煮黄鱼一大锅，加入一些肉片，无数的整颗的大蒜瓣，加酱油，这时节正是我们后院一棵花椒树发芽抽叶的当儿，于是大量采摘花椒芽，投入锅里一起煮。不分老幼，每人分得两尾，各个吃得笑逐颜开。同时必定备有烙饼，撕碎了蘸着鱼汤吃，美不可言。在台湾随时有黄鱼吃，但是那鲜花椒芽哪里去找？黄鱼汤里煮过的蒜瓣、花椒芽都特别好吃。

　　北平胡同里卖猪头肉的小贩，口里吆唤着："面筋哟！"

他斜背着的红漆木盒里却是猪肠、猪肝、猪肚、猪头肉，而你喊他的时候必须是："卖熏鱼儿的！"因为有时候他确是有熏黄鱼卖。五六寸长的小黄鱼，插在竹签子上，熏得黄黄的，香味扑鼻。因为黄鱼季节短，一年中难得吃到几次这样的熏黄鱼。

黄鱼晒干了就是白鲞。黄鱼的鳔晒干就是所谓"鱼肚"。鱼肚在温油锅里慢慢发开，在凉水里浸，松泡如海绵状，"蟹黄烧鱼肚"是一道名肴。可惜餐馆时常以假乱真，用炸猪肉皮冒充鱼肚，行家很容易分辨。

馆子里做黄鱼，最令我难忘的是北平前门外杨梅竹斜街春华楼所做的松鼠黄鱼。春华楼是比较晚起的江浙馆，我在二十年代期间常去小酌，那地方有一特色，每间雅座都布满张大千的画作。饭前饭后可以赏画。松鼠黄鱼是取尺许黄鱼一尾或两尾，去头去尾复抽出其脊骨。黄鱼本来刺不多，抽掉脊骨便完全是肉了。把鱼扭成麻花形，裹上鸡蛋面糊，下油锅炸，取出浇汁，弯曲之状真有几分像是松鼠。以后在别处吃到的松鼠黄鱼，多半不像松鼠，而且浇上糖醋汁，大为离谱。

此地前些年奎元馆以杭州的黄鱼面为号召，品尝之余大失所望。碗中不见黄鱼。

鱼翅

　　鱼翅通常是酒席上的一道大菜。有红烧的，有清汤的，有垫底的（三丝底），有不垫底的。平平浅浅的一大盘，每人轮上一筷子也就差不多可以见底了。我有一位朋友，笃信海味必需加醋，一见鱼翅就连呼侍者要醋，侍者满脸的不高兴，等到一小碟醋送到桌上，盘里的鱼翅早已不见踪影。我又有一位朋友，他就比较聪明，随身自带一小瓶醋，随时掏出应用。

　　鱼翅就是鲨（鲛）的鳍，脊鳍、胸鳍、腹鳍、尾鳍。外国人是弃置不用的废物，看见我们视为席上之珍，传为笑谈。尾鳍比较壮大，最为贵重，内行人称之为"黄鱼尾"。抗战期间四川北碚厚德福饭庄分号，中了敌机投下的一弹，店毁人亡，调货狼藉飞散，事后捡回物资包括黄鱼尾二三十块，暂时堆放舍下。我欲取食，无从下手。因为鱼翅是干货，发起来好费手脚。即使发得好，烹制亦非易事，火候不足则不烂，火候足可又怕缩成一团。其中有诀窍，非外行所能为。后来我托人把那二三十块鱼翅带到昆明分号去了。

北平饭庄餐馆鱼翅席上的鱼翅，通常只是虚应故事，选材不佳，火候不到，一根根的脆骨剑拔弩张的样子，吃到嘴里扎扎呼呼。下焉者翅须细小，芡粉太多，外加陪衬的材料喧宾夺主。黏糊糊的像一盘糨糊。远不如到致美斋点一个"砂锅鱼翅"，所用材料虽非上选的排翅，但也不是次货，妙在翅根特厚，味道介乎鱼翅、鱼唇之间，下酒下饭，两极其美。东安市场里的润明楼也有"砂锅翅根"，锅较小，翅根较碎，近于平民食物，比我们台湾食摊上的鱼翅羹略胜一筹而已。唐鲁孙先生是饮食名家，在《吃在北平》文里说："北方馆子可以说不会做鱼翅，所以也就没有什么人爱吃鱼翅，但是南方人可就不同了，讲究吃的主儿十有八九爱吃翅子，裓元馆为迎合顾客心理，请了一位南方大师傅擅长烧鱼翅。不久，裓元馆的'红烧翅根'，物美价廉，就大行其道，每天只做五十碗卖完为止。"确是实情。

最会做鱼翅的是广东人，尤其是广东的富户人家所做的鱼翅。谭组庵先生家的厨师曹四做的鱼翅是出了名的，他的这一项手艺还是来自广东。据叶公超先生告诉我，广东的富户几乎家家拥有三房四妾，每位姨太太都有一两手烹调绝技，每逢老爷请客，每位姨太太亲操刀俎，使出浑身解数，精制一两样菜色，凑起来就是一桌上好的酒席，其中少不了鱼翅鲍鱼之类。他的话不假，因为番禺叶氏就是那样的一个大户人家。北平的"谭家菜"，与谭组庵无关，谭家菜是广东人谭篆青家的菜。谭在平绥路做事。谭家在西单牌楼机织卫，普普通通的住宅房子，院子不大，书房一间算是招待客人的雅座。每天只做两桌菜，约需十天前预定。最奇怪的是每桌要为主人谭君留出次座，表示他不仅是生意人而已，他也要和座上的名流贵宾应酬一番。不过这一规定到了抗战前几年已不再能维持。"谈笑有鸿儒"的场面难得一见了。鱼翅确实是做得出色，大盘子，盛得满，味浓而不见配料，而且煨得酥烂无比。当时的价钱是百元一桌。也是谭家的姨太太下厨。

吃鱼翅于红烧清蒸之外还有干炒的一法，名为"木樨鱼翅"，余一九四九年夏初到台湾，蒙某公司总经理的"便饭"招待，第一道菜就是木樨鱼翅，所谓木樨即鸡蛋之别名。撕鱼翅为细丝，裹以鸡蛋拌匀，入油锅爆炒，炒得松松泡泡，放在盘内堆成高高的一个尖塔，每人盛一两饭盘，像吃蛋炒饭一般而大嚼。我吃过木樨鱼翅，没见过这样大量的供应，所以印象很深。

鱼翅产自中国广东以及日本、印度等处，但是中国台湾也产鱼翅。大家只知道本省的前镇与茄萣两渔港是捕获乌鱼加工的地方，不知也是鱼翅的加工中心。在那里有大批的煮熟的鱼翅摊在地上晒。当地大翅一斤约值五百到一千元。本地菜市出售的发好了的鱼翅都是本地货。

茄子

北方的茄子和南方的不同，北方的茄子是圆球形，稍扁，从前没见过南方的那种细长的茄子。形状不同且不说，质地也大有差异。北方经常苦旱，蔬果也就不免缺乏水分，所以质地较为坚实。

"烧茄子"是北方很普通的家常菜。茄子不需削皮，切成一寸多长的块块，用刀在无皮处划出纵横的刀痕，像划腰花那样，划得越细越好，入油锅炸。茄子吸油，所以锅里油要多，但是炸到微黄甚至微焦，则油复流出不少。炸好的茄子捞出，然后炒里脊肉丝少许，把茄子投入翻炒，加酱油，急速取出盛盘，上面撒大量的蒜末。味极甜美，送饭最宜。

我来到台湾，见长的茄子，试做烧茄，竟不成功。因为茄子水分太多，无法炸干，久炸则成烂泥，客家菜馆也有烧茄，烧得软软的，不是味道。

在北方，茄子价廉，吃法亦多。"熬茄子"是夏天常吃的，煮得相当烂，蘸醋蒜吃。不可用铁锅煮，因为容易变色。

茄子也可以凉拌，名为"凉水茄"。茄煮烂，捣碎，煮时加些黄豆，拌匀，浇上三合油，俟凉却加上一些芫荽即可食，最宜暑天食。放进冰箱冷却更好。

如果切茄成片，每两片夹进一些肉末之类，裹上一层面糊，入油锅炸之，是为"茄子盒"，略似炸藕盒的风味。

吃炸酱面，茄子也能派上用场，拌面的时候如果放酱太多，则过咸，太少则无味。切茄子成丁，如骰子般大，入油锅略炸，然后羼入酱中，是为"茄子炸酱"，别有一番滋味。

莲子

有莲花的地方就有莲子。莲子就是莲实，又称莲的或莲菂。《古乐府·子夜夏歌》："乘月采芙蓉，夜夜得莲子。"

我小时候，每到夏季必侍先君游什刹海。荷塘十里，游人如织。傍晚辄饭于会贤堂。入座后必先进大冰碗，冰块上敷以鲜藕、菱角、桃仁、杏仁、莲子之属。饭后还要擎着几枝荷花、莲蓬回家。剥莲蓬甚为好玩，剥出的莲实有好几层皮，去硬皮还有软皮，最后还要剔出莲心，然后才能入口。有一股清香沁人脾胃。胡同里也有小贩吆喝着卖莲蓬的，但是那个季节很短。

到台湾好多年，偶然看到荷花池里的莲蓬，却绝少机会吃到新鲜莲子。糖莲子倒是有得吃，中医教我每日含食十枚，有生津健胃之效，后因糖尿病发，糖莲子也只好停食了。

一般酒席上偶然有莲子羹，稀汤洸水一大碗，碗底可以捞上几颗莲子，有时候还夹杂着一些白木耳，三两颗红樱桃。从前吃莲子羹，用专用的小巧的莲子碗，小银羹匙。我祖母常以小碗莲子为早点，有专人伺候，用沙薄铫儿煮，不能用金属锅。煮出来的莲子硬是漂亮。小锅饭和大锅饭不同。

考究一点的酒席常用一道"蜜汁莲子"来代替八宝饭什么的甜食。如果做得好，是很受欢迎的。莲子先用水浸，然后煮熟，放在碗里再用大火蒸，蒸到酥软趴烂近似番薯泥的程度，翻扣在一个大盘里，浇上滚热的蜜汁，表面上加几块山楂糕更好。冰糖汁也行，不及蜜汁香。

莲子品质不同，相差很多。有些莲子格格生生，怎样煮也不烂，是为下品。有些莲子一煮就烂，但是颜色不对，据说是经过处理的，下过苏打什么的，内行人一吃就能分辨出来。大家公认湖南的莲子最好，号称湘莲。我有一年在重庆的"味腴"宴客，在座的有杨绵仲先生，他是湘潭人，风流潇洒，也很会吃。席中有一道蜜汁莲子，很够标准。莲子短粗，白白净净，而且酥软异常。绵仲吃了一匙就说："这一定是湘莲。"有人说："那倒也未必。"绵仲不悦，唤了堂倌过来问："这莲子是哪里来的？"那傻不愣登的堂倌说："是莲蓬里剥出来的。"众大笑。绵仲红头涨脸地又问："你是哪里来的？"他说："我是本地人。"众又哄堂。

拌鸭掌

鸡爪、鸭掌、鹅掌，都可以吃。

有人爱吃鸡跖，跖就是鸡足踵。《吕氏春秋》："齐王之食鸡也，必食其跖，数千而后足。"其实鸡爪一层皮，有什么好吃，但是有人喜欢。广东馆子美其名曰凤爪，煮汤算是美味。冬菇凤爪煨汤，喝完捞起鸡爪吮，吐出一堆碎骨。

广东馆子的红烧鹅掌，是一道大菜。鹅体积大，掌特肥，经过煨煮之后膨胀起来格外的厚实，吃起来就好像不只是一层皮了。

拌鸭掌是一道凉菜，下酒最宜。做起来很费事，需要把鸭掌上的骨头一根根地剔出，即使把鸭掌煮烂之后再剔亦非易事。而且要剔得干净，不可有一点残留。这道菜凡是第一流的山东馆都会做，不过精粗不等。鸭掌下面通常是以黄瓜木耳垫底，浇上三合油，再外加芥末一小碗备用。不是吃日本寿司那种绿芥末，也不是吃美国热狗那种酸兮兮的芥末，是我们中国的真正气味刺鼻的那种芥末。

干贝

干贝应作乾贝，正式名称是江珧柱，亦作江瑶柱。瑶亦作鳐。一般简写都作干贝了。

干贝是贝属，也就是蚌的一类。软体动物有两片贝壳，薄而大。司贝壳启闭的肉柱二，一在壳之中央，比较粗大，在前方者较小。这肉柱取下晒干便是干贝。

新鲜的江瑶柱，我在大陆没有吃过。在美国东西海岸的海鲜店里，炸江瑶柱是普通的食品之一。美国人吃法简单，许是只会油炸。油炸江瑶柱，块头相当大，裹以面糊，炸得焦焦黄黄的，也很可口。嫩嫩的，不似我们的干贝之愈咀嚼愈有味。

江瑶柱产在何处，我不知道，陆游《老学庵笔记》："明州江瑶柱有两种，大者江瑶，小者沙瑶，可种，逾年则成江瑶矣。"明州在今之浙江省，是不是浙江乃产江瑶柱的地方之一？

苏东坡《四月十一日初食荔枝》诗："似闻江鳐斫玉柱，

更洗河豚烹腹腴。"有注："予尝谓，荔枝厚味、高格两绝，果中无比，唯江鳐柱、河豚鱼近之耳。"看这位老饕，"吃一看二眼观三"，有荔枝吃，还想到江瑶柱与河豚鱼！他所说的似是新鲜的江瑶柱，不是干贝。

干贝的吃法很多。因是干货，须先发开。用水发不如用黄酒发。最好头一天发，可以发得透。大的干贝好看，但不一定比小的好吃。小的干贝往往味醇而浓。普通的吃法如"干贝萝卜球"，削萝卜球太费事，自己家里做，切条就可以了。"干贝烧菜心"，是分别把菜心和干贝烧好，然后和在一起加热勾芡。"芙蓉干贝"是蒸好一碗蛋羹然后把干贝放在上面再蒸，不过发干贝的汤不拘是水是酒要打在蛋里。以上三种吃法，都要把干贝撕碎。其实整个的干贝，如果烧得透，岂不更好？只是多破费一些罢了。我母亲做干贝，拣其大小适度而匀称者，垫以火腿片、冬笋片，及二寸来长的大干虾米若干个，装在一大碗里，注入上好绍兴酒，上笼屉蒸两小时，其味之美无可形容。

咖喱鸡

　　我小时候不知咖喱粉是什么东西做的，以为像是咖啡豆似的磨成的。吃过无数次咖喱鸡之后才晓得咖喱粉乃是几种香料调味品混制而成。此物最初盛行于印度南部及锡兰一带。咖喱是curry的译音，字源是印度南部坦米尔语的kari，译为调味酱。咖喱粉的成分不一，有多至十种八种者，主要的是小茴香（cumin）、胡荽（coriander）和郁金根（turmeric），黄色是来自郁金根。各种配料的成分比例不一致，故各种品牌的咖喱粉之味、色亦不一样，有的很辣，有的很黄，有的很香。

　　凡是用咖喱粉调制的食品皆得称之为咖喱。最为大家所熟知的是咖喱鸡（chicken curry）。我在一九一二年左右初尝此味，印象极深。东安市场的中兴茶楼，老板傅心齐很善经营，除了卖茶点之外兼做简单西餐。他对先君不断地游说："请尝尝我们的牛爬（即牛排），不在六国饭店的之下，请尝尝我们的咖喱鸡，物美价廉。"牛肉不愿尝试，先叫了一份咖喱鸡，果然滋味不错。他们还应外叫，一元钱四只笋鸡，连汁汤满满一锅送到府上。我们时常打个电话，叫两元的咖喱鸡，不到一小时就送到，家里只消预备白饭，便可享有丰盛的一餐，家人每个可以分到一只小鸡，最称心的是咖喱汤泡饭，每人可以罄两碗。

其实这样的咖喱鸡可说是很原始的，只是白水煮鸡，汤里加些芡粉使稠，再加咖喱粉，使成为黄澄澄辣兮兮的而已。因为咖喱的香味是从前没尝过的，遂觉非常可喜。考究一点的做法是鸡要先下油锅略炸，然后再煮，汤里要有马铃薯的碎块，煮得半烂成泥，鸡汤自然稠和，不需勾芡。有人试过不用马铃薯，而用大干蚕豆，效果一样的好。

高级西餐厅的咖喱鸡，除了几块鸡和一小撮白饭之外，照例还有一大盘各色配料，如肉松、鱼松、干酪屑、炸面包丁、葡萄干之类，任由取用。也有另加一勺马铃薯泥做陪衬的。我并不喜欢这些夹七夹八的东西，杂料太多，徒乱人意。我要的只是几块精嫩的鸡肉、充足的咖喱汁、适量的白饭。

印度人吃咖喱鸡饭，和吃别的东西一样，是用手抓的。初闻为之骇然。继而一想，我们古时也不免用手抓饭。《礼记·曲礼》："共饭不泽手。"注："泽，谓挼莎也。"疏："古之礼，饭不用箸，但用手，既与人共饭，手宜洁净，不得临食始挼莎手乃食，恐为人秽（huì）也。"意思是说，饭前要把手洗干净，不可临时搓搓手就去抓饭。古已有箸而不用，要用手抓，不晓得其故安在。直到晚近，新疆的一些少数民族不是还吃抓饭抓肉吗？我还是不明白，咖喱鸡饭如何能用手抓。

辑 四

拉杂

寂寞是一种清福

我所谓的寂寞，是随缘偶得，无须强求，一霎间的妙悟也不嫌短，失掉了也不必怅惘。但凡我有一刻寂寞时，我要好好地享受它。

酒壶

《吴志·孙权传》注："吴书曰：郑泉字文渊，性嗜酒，临卒谓同类曰：'必葬我陶家之侧，庶百岁之后，化而为土，若见取为酒壶，实获我心矣。'"这一位酒徒，痴得可以。一辈子拍浮酒池中还嫌不够，希望死后化为泥土，由陶工去制成酒壶，以便经常有酒灌注进去，这副馋相！他还是不够豁达。百岁之后，那陶家还在吗！尽管你的尸骨化成泥，制成壶，一只陶器能保存多久？尽管能保存很久，那时你将成为古董，会被人陈列在玻璃柜里，你还希望有人以酒浆湿润你的喉咙？不过这位郑泉先生因嗜酒而想入非非，究竟是可人。千载之下，犹可想见这位酕醄至死的雅人深致。

波斯诗人欧玛·卡雅姆的四行绝句英译有这样的几节：

三三

于是我对旋转的苍天大喊，

我问："命运可有明灯一盏，
引导暗中跌撞的孩子们？"
上天回答："这想法好肤浅！"

三四

于是我掉转嘴唇挨近酒杯
向它请教生命的奥秘，
它唇接唇地轻轻回答我：
"活一天就喝酒吧！死后不再回来的。"

三五

我想这杯，它悄悄地回答我，
当初也曾生存，而且作乐；
我如今吻的这冷冰冰的唇
可能吻过人好多次，又好多次被吻过。

三六

有一天黄昏时候，在市场里，
我看见陶工揉和他的湿泥，

早已稀烂的舌头还在低声说：

"轻一点，老兄，轻一点，我求你。"

这位诗人也是幻想着那酒杯当初是活人的尸体捏制成的，英译者菲兹哲罗有一个注，提到一篇波斯的故事，述一旅客口渴举杯欲饮，忽闻神奇声音告以此杯之原质当初也是活人。可见人死后尸体变成酒杯之说法，早已相当普遍。第五十九首至六十六首，加标题为《瓦罐篇》，描写开斋前夕陶器店里一排排的陶器说起话来了，有的问谁是陶工谁是瓦罐，有的说持泥成器不会没有意义，有的为它的丑形解嘲，有的抱怨说浑身泥土发干。这是诗人骋其想象把一个概念加以具体地描写。想郑泉先生临终时只是简简单单地把遗嘱葬身于陶家之侧，其平时可能想到人死变成酒壶以后的种种情况，也可能悟出一篇人生奥秘的大道理，但是他没有留下什么作品，所以他只是一位雅士，而非诗人。

雷

　　"风来喽，雨来喽，和尚背着鼓来喽。"这是我们家乡常听到的一个童谣，平常是在风雨欲来的时候唱的。那个"鼓"就是雷的意思吧。我小的时候就很怕雷，对于这个童谣也就觉得颇有一点恐惧的意味。雨是我所欢迎的，我喜欢那狂暴的骤雨，雨后院里的积水，雨后吹胰子泡，雨后吃咸豌豆，但是雷就令我困恼。隐隐的远雷还无伤大雅，怕的是那霹雷，咔嚓一声，不由得不心跳。

　　我小时候怕雷的缘故有二。一个是老早就灌输进来的迷信。有人告诉我说，雷有两种，看那雷声之前的电闪就可以知道，如是红的，那便是殛妖精的，如是白的，那便是殛人的。因此，每逢看见电火是白色的时候，心里就害怕。殛妖精与我无关，我知道我不是妖精，但是殛人则我亦可能有份。而且据说有许多项罪过都是要天打雷劈的，不孝父母固不必说，琐细的事如遗落米粒在地上也可能难逃天诛的。被雷打的人，据说是被雷公（尖嘴猴腮的模样）一把揪到庭院里，双膝跪落，背上还要烧出一行黑字，写明罪状。我吃饭时有无米粒落地，我是一点把握也没有的。所以每逢电火在头上盘旋，心里就打鼓，极力反省吾身，希望未曾有干天怒。第二个怕雷的缘故是由一点粗浅的科学常识。从小学课本里知道雷与电闪是一件东西，是阴阳电在天空中两朵云里吸引而中和，如果笔直地从天空戳到地面便要打死触着它的人或畜。不要立在大树下，这比迷信的说法还可怕。因为雷公究竟不是瞎眼的，而电火则并无选择，谁碰上谁倒霉。因此一遇雷雨，便觉得坐立不安，无所逃于天地之间。后院就有一棵大榆树，说不定我就许受连累。我头痒都不敢抓，怕摩擦生电而与雷电接连！

年事稍长，对于雷电也就司空见惯，而且心想这么多次打雷都没有打死我，以后也许不会打死我了。所以胆就渐壮起来，听到霹雳，顶多打个冷战，看见电闪来得急猛，顶多用手掌按住耳朵，为保护耳膜起见张开大嘴而已。像小时候想在脑袋顶上装置避雷针的幼稚念头，是不再有的了。

可是我到了四川，可真开了眼，才见到大规模的雷电。这地方的雷比别处的响，也许是山谷回音的缘故，也许是住的地方太高太旷的缘故，打起雷来如连珠炮一般，接连地围着你的房子转，窗户玻璃（假如有的话）都震得响颤，再加上风狂雨骤，雷闪一阵阵的照如白昼，令人无法能安心睡觉。有一位胆小的太太，吓得穿上了她的丈夫的两只胶鞋，立在屋中央，据说是因为胶鞋不传电。上床睡的时候，她给四只床腿穿上了四只胶鞋，两只手还要牵着两个女佣人，这才稍宽放心。我虽觉得她太胆小一点，但是我很同情她，因为我自己也是很被那些响雷所困扰的。我现在想起四川的雷，还有余悸。

我读到《读者文摘》上一篇专谈雷的文章，恐怖的心情为之减却不少。他说："你不用怕，一个人被雷打死的机会是极少的，比中头彩还难，那机会大概是一百万分之一都还不到。"我觉得有理。我彩票买过多少回，从没有中过头彩，对于倒霉的事焉见得就那么好运气呢？他还有一个更有力的安慰，他说："雷和电闪既是一件东西，那么在你看见电火一闪的时候，问题便已经完全解决，该中和的早已中和了，该劈的也早已劈了，剩下来的雷声随后被你听见，并不能为害。如果你中头彩，雷电直落在你的脑瓜顶上，你根本就来不及看见那电闪，更来不及听那一声雷响，所以，你怕什么？"这话说得很有理。电光一闪，一切完事，那声音响就让它响去好了。如果电闪和雷声之间的距离有一两秒钟，那足可证明危险地区离你还有百八十里地，大可安心。万一，万一，一个雷霆正好打在头上，那也只好由它了。

话虽如此，有两点我仍未能释然。第一，那咔嚓的一声我还是怵。过年的时候顽皮的小孩子燃起一个小爆仗往我脚下一丢，我也要吓一跳。我自己放烟火，"太平花"还可以放着玩玩，"大麻雷子"我可不敢点，那一声响我受不了。我是觉得，凡是大声音都可怕，如果来得迅猛则更可怕。原始的民族看见雷电总以为是天神发怒，虽说是迷信，其实那心情不难了解。猛古丁的天地间发生那样的巨响，如何能不惊怪？第二，被雷击是最倒霉的死法。有一次报上登着，夫妻睡在床上，双双地被雷劈了。于是人们纷纷议论，都说这两个人没干好事。假使一个人走在街上被汽车撞死，一般人总会给予同情，认为这是意外横祸，对于死者之所以致死必不再多作捉摸，唯独对于一个被雷击的人，大家总怀疑他生前的行为必定有点暧昧。死是小事，身死而为天下笑，这未免太冤了。

　　　　　　　　本篇原载于1947年12月14日天津

《益世报·星期小品》第二十二期，署名李敬远。

出了象牙之塔

　　十五年前，我还是一个没有成熟的青年。那时候我是艺术至上主义的信仰者，我觉得最丑恶的是实际人生，最美的生活是逃避现实，所以对于文学艺术发生了浓厚的爱好。我爱李义山的诗，因为他绮丽；我爱拜伦、雪莱，因为他们豪放、超脱、浪漫。我喜欢看图画，喜欢弄音乐，喜欢月夜散步，喜欢湖旁独坐，喜欢写情诗，喜欢发感慨。我厌恨社会科学，厌恨自然科学，厌恨商人，厌恨说教的道学家，厌恨空虚的宗教。用近代术语来说，我当时该是一个所谓"文学青年"。偶检书箧，发现当时译的一首法国象征派诗人波多莱耳的散文诗，是曾发表在当时学校的周刊上的，译文是这样的：

　　　　永久的陶醉。别的事都无足轻重：这是唯一的
　　问题。
　　　　假如你不愿，感觉那"时间"的可怖的担负压

在你的肩上并且挤迫你到这个尘世，那么就去继续地酩酊大醉。

　　凭什么去醉呢？凭酒，凭诗。或是凭品德，任随你的便。必要去醉。

　　假如有时在宫殿的台阶上，或在沟渠的绿岸上，或在你自己屋里可怕的孤独里，你神志清醒了，或醉醒退减了一半或全部，试问一问风，或浪，或星，或鸟，或钟，或一切能飞的，叹的，动摇的，唱的，说的，现在是什么时候；风，浪，星，鸟，钟，将要答你："这是陶醉的时候！陶醉啊，假如你不愿做'时间'的殉死的奴隶；继续地酩酊啊！以酒，以诗，以品德，任随你便。"

　　译文有无错误，且不去管，却表示了我当时的心情，我当时觉得这诗道出了我的自己的内心的苦闷。现在我看着，觉得汗颜。但因此我也就能了解一些现代"文学青年"之趋向于逃避现实。十五年前我自己也便是这样的！一个人的年纪把一个人的心情改变得多么厉害！也许有人说，你从前的幼稚确是真，你现在的成熟确是假。我不这样想，我以为这是时间之无情的手段所酿成的变化。从前的逃避现实是许多人所不能避免的一个阶段，从逃避现实到正视人生也是一个不能避免的转移。不记得听谁说过："一个人若在年轻时候不是无政府主义者，这个人没有出息；一个人若在成年之后仍然是一个无政府主义者，这个人也是没有出息！"这是就政治思想而言。我想在文学上亦然。一个人在年轻时候若不是"为艺术而艺术"的信仰者，这个人没有出息；一个人若是到了成年之后还主张"为艺术而艺术"，这个人也没有出息！

　　但是现代的青年，却很少有逃避现实的趋向。现代而高谈象征主义的倒是一些中年的人。现在的青年被另外一种时尚所诱惑了。现在的青年的口头禅是斗争，是辩证法，是唯物论，是革命，在文学的领域以内亦然。当然现在的中国和十五年前的中国，环境是不同的。但是我们得承认，无论辩证法唯物论这一套是如何如何的正确，无论青年人放弃了那逃避现实的倾向是如何的可庆幸，这种"少年老成"的现象究竟是环境逼出来的，究竟是不自然的，现代青年人比从前的青年人知道正视人生，知道注意国家社会的情形，这是可喜的。然而从另一方面看，环境逼得青年人早熟，环境逼得青年人老早就摆脱了孩子气，老早就变得老成，这也不是合乎我们理想的事，当然，谁也不愿再把现代青年打发回"象牙之塔"，然而"象牙之塔"原也是人生过程中之一个驻足的所在，现在青年没有功夫在那塔里流连，一下子就被扯了出来，扯到惊涛骇浪的场面里去了。

然而最令人心里惊异的是，早已到了该出"象牙之塔"的年龄的人，偏偏有些位还不出来，还在里面流连迷恋着！还想把所有的人都往这塔里招！

原载一九三七年一月十八日《北平晨报·文艺》

第二期，署名子佳

牙签

施耐庵《水浒》序有"进盘殖，嚼杨木"一语，所谓"嚼杨木"就是饭后用牙签剔牙的意思。晋高僧法显求法西域，著《佛国记》，有云："沙祇国南门道东佛在此嚼杨枝，刺土中即生……"这个"嚼"字当作"削"解。"嚼杨木"当然不是把一根杨木放在嘴里咀嚼。饭后嚼一块槟榔还可以，谁也不会吃饱了之后嚼木头。"嚼杨木"是借用"嚼杨枝"语，谓取一根牙签剔牙。杨枝净齿是西域风俗，所以中文里也借用佛书上的名词。《隋书·真腊传》："每旦澡洗，以杨枝净齿，读诵经咒。又澡洒乃食，食罢，还用杨枝净齿，又读经咒。"可见他们的规矩在念经前和食后都要杨枝净齿。

为了好奇，翻阅赛珍珠女士译的《水浒传》，她的这一句的译文甚为奇特："Take food, chew a bit of this or that."我们若是把这句译文还原，便成了："进食，嚼一点这个又嚼一点那个。"衡以信、达、雅之义，显然不信。

牙缝里塞上一丝肉、一根刺，或任何残膏剩馥，我们都会自动地本能地思除之而后快。我不了解为什么这净齿的工具需要等到五世纪中由西域发明然后才得传入中土。我们发明了罗盘、火药、印刷术，没能发明用牙签剔牙！

西洋人使用牙签更是晚近的事。英国到了十六世纪末年还把牙签当作一件稀奇的东西，只有在海外游历过的花花大少才口里衔着一根牙签招摇过市，行人为之侧目。大概牙签是从意大利传入英国的，而追究根源，又是从亚洲传到意大利的，想来是贸易商人由威尼斯到近东以至远东，把这净齿之具带到欧洲。莎士比亚的《无事自扰》有这样的句子："我愿从亚洲之最远的地带给你取一根牙签。"此外在其他三四出戏里也都提到牙签，认为那是"旅行家"的标记。以描述人物著名的散文家Overbury，也是莎士比亚同时代的人，在他的一篇《旅行家》里也说："他的牙签乃是他的一项主要的特点。"可见三百年前西洋的平常人是不剔牙的。藏垢纳污到了饱和点之后也就不成问题。倒是饭后在齿颊之间横剔竖抉的人，显着矫揉造作、自命不凡！

人自谦年长曰"马齿徒增"，其实人不如马，人到了年纪便要齿牙摇落，至少也是齿牙之间发生罅隙，有如一把烂牌，不是一三五，就是二四六，中间仅是嵌张！这时节便需要牙签。有象牙质的，有银质的，有尖的，有扁的，还有带弯钩的，都中看不中用。普通的是竹质的，质坚而锐，易折，易伤牙龈。我个人经验中所使用过的牙签，最理想的莫过于从前北平致美斋路西雅座所预备的那种牙签。北平饭馆的规矩，饭后照例有一碟槟榔豆蔻，外带牙签，这是由堂倌预备的，与柜上无涉。致美斋的牙签是特制的，其特点第一是长，约有自来水笔那样长，拿在手中可以摆出搦毛笔管的姿势，在口腔里到处探钻，无远弗届，第二是质韧，是真正最好的杨柳枝做的，拐弯抹角的地方都可以照顾得到，有刚柔相济之妙。现在台湾也有一种白柳木的牙签，但嫌其不够长，头上不够尖。如今想起致美斋的牙签，尤其想起当初在致美斋做堂倌后来做了大掌柜的初仁义先生（他常常送一大包牙签给我），不胜惆怅！

　　有些事是人人都做的，但不可当着人的面前公然做之。这当然也是要看各国的风俗习惯。例如牙签的使用，其状不雅，咧着血盆大口，狞眉皱眼，剔之，抠之，攒之，抉之，使旁观的人不快。纵然手搭凉棚放在嘴边，仍是欲盖弥彰，减少不了多少丑态。至于已经剔牙竣事而仍然叼着一根牙签昂然迈步于大庭广众之间者，我们只能佩服他的天真。

礼貌

　　前些年有一位朋友在宴会后引我到他家中小坐。推门而入，看见他的一位少爷正躺在沙发椅上看杂志。他的姿势不大寻常，头朝下，两腿高举在沙发靠背上面，倒竖蜻蜓。他不怕这种姿势可能使他吃饱了饭呕出来，这是他的自由。我的朋友喊了他一声："约翰！"他好像没听见，也许是太专心于看杂志了。我的朋友又说："约翰！起来喊梁伯伯！"他听见了，但是没有什么反应，继续看他的杂志，只是翻了一下白眼，我的朋友有一点窘，就好像耍猴子的敲一声锣教猴子翻筋斗而猴子不肯动，当下喃喃地自言自语："这孩子，没礼貌！"我心里想：他没有跳起来一拳把我打出门外，已经是相当的有礼貌了。

　　礼貌之为物，随时随地而异。我小时在北平，常在街上看见戴眼镜的人（那时候的眼镜都是两个大大的滴溜圆的镜片，配上银质的框子和腿）。他一遇到迎面而来的熟人，老远地就刷地一下把眼镜取下，握在手里，然后向前紧走两步，两人同时口中念念有词互相蹲一条腿请安。我至今不明白为什么二人相见要先摘下眼镜。戴着眼镜有什么失敬之处？如今戴眼镜的人太多了，有些人从小就成了四眼田鸡，摘不胜摘，也就没人见人摘眼镜了。可见礼貌随时而异。

人在屋里不可以峨大冠，中外皆然，但是在西方则女人有特权，屋里可以不摘帽子。尤其是从前的西方妇女，她们的帽子特大，常常像是头上顶着一个大鸟窝，或是一个大铁锅，或是一个大花篮，奇形怪状，不可方物。这种帽子也许戴上摘下都很费事，而且摘下来也难觅放置之处，所以妇女可以在室内不摘帽子。多半个世纪之前，有一次在美国，我偕友进入电影院，落座之后，发现我们前排座位上有两位戴大花冠的妇人，正好遮住我们的视线。我想从两顶帽子之间的空隙窥看银幕亦不可得，因为那两顶大帽子不时地左右移动。我忍耐不住，用我们的国语低声对我的友伴说：“这两个老太婆太可恶了，大帽子使得我无法看电影。”话犹未了，一位老太婆转过头来，用相当纯正的中国话对我说：“你们二位是刚从中国来的么？”言罢把帽除去。我窘不可言。她戴帽子不失礼，我用中国话背后斥责她，倒是我没有礼貌了。可见礼貌也是随地而异。

西方人的家是他的堡垒，不容闲杂人等随便闯入，朋友访问以时，而且照例事前通知。我们在这一方面的礼貌好像要差一些。我们的中上阶级人家，深宅大院，邻近的人不会随便造访。中下的小户人家，两家可以共用一堵墙，跨出门不需要几步就到了邻舍，就容易有所谓串门子闲聊天的习惯。任何人吃饱饭没事做，都可以踱到别人家里闲磋牙，也不管别人是否有功夫陪你瞎嚼蛆。

有时候去的真不是时候，令人窘，例如在人家睡的时候，或吃饭的时候，或工作的时候，实在诸多不便，然而一般人认为这不算是失礼。一聊没个完，主人打哈欠，看手表，客人无动于衷，宾至如归。这种串门子的陋习，如今少了，但未绝迹。

探病是礼貌，也是艺术。空手去也可以，带点东西来无妨。要看彼此的关系和身份加以斟酌。有的人病房里花篮堆积如山，像是店铺开张，也有病人收到的食物冰箱里装不下。探病不一定要面带戚容，因为探病不同于吊丧，但是也不宜高谈阔论有说有笑，因为病房里究竟还是有一个病人。别停留过久，因为有病的人受不了，没病的人也受不了。除非特别亲近的人，我想寄一张探病的专用卡片不失为彼此两便之策。

吊丧是最不愉快的事，能免则免。与死者确有深交，则不免拊棺一恸。人琴俱亡，不执孝子手而退，抚尸陨涕，滚地作驴鸣而为宾客笑都不算失礼。吊死者曰吊，吊生者曰唁。对生者如何致唁语，实在难于措辞。我曾见一位孝子陪灵，并不匍伏地上，而是跷起二郎腿坐在椅子上，嘴里叼着纸烟，悠然自得。这是他的自由，然而不能使吊者大悦。西俗，吊客照例绕棺瞻仰遗容。我不知道遗容有什么好瞻仰的，倒是我们的习惯把死者的照片放大，高悬灵桌之上，供人吊祭，比较合理。或多或少患有"恐尸症"的人，看了面如黄蜡白蜡的一张面孔，会心里难过好几天，何苦来哉？在殡仪馆的院子里，通常麇集着很多的吊客，不像是吊客，像是一群人在赶集，热闹得很。

关于婚礼，我已谈过不止一次，不再赘。

饮宴之礼，无论中西都有一套繁文缛节。我们现行的礼节之最令人厌烦的莫过于敬酒。主人敬酒是题中应有之义，三巡也就够了。客人回敬主人，也不可少。唯独客人与客人之间经常不断地举杯，此起彼落，也不管彼此是否相识，也一一的皮笑肉不笑地互相敬酒。有些人根本不喝酒，举起茶杯汽水杯充数。有时候正在低头吃东西，对面有人向你敬酒，你若没有觉察，对方难堪，你若随时敷衍，不胜其扰。这种敬酒的习惯，不中不西，没有意义，应该简化。还有一项陋习就是劝酒，说好说歹，硬要对方干杯，创出"先干为敬"的谬说，要挟威吓，最后是捏着鼻子灌酒，甚至演出全武行，礼貌云乎哉？

正月十二

　　民国元年二月，正是阴历辛亥年的年下，那时我十岁，刚剪下小辫不久。北平风俗过年，通常是从十二月二十三日祭灶起，一直到正月十五灯节为止，足足要热闹半个多月。那一年的阴历新春正月十二日是阳历二月几日，我已记不清楚，不过那个阴历的正月十二日却是所有北平人都不会忘记的一个日子。这个日子距今六十年了，那一天发生的事想起来如在目前。

　　每逢过年，自除夕起，我家里开赌戒。我家里根本没有麻将牌，听说过，没见过。我到二十多岁才初次看到别人做方城戏。所谓开赌戒，不过是从父亲锁着的抽屉里取出一个小包包，打开包包取出一个象牙盒，打开盒子取出六颗骨头做的骰子，然后把骰子放在一只大海碗里，全家大小十口围着上屋后炕上的桌子"哗啦哗啦"地掷状元筹，如是而已。可是每个人下三十二个铜板的赌注，堆在大碗周围，然后轮流抓起骰子一掷，呼卢喝雉，也能领略到一点赌徒们所特有的紧张与兴奋。正月十二那天晚上，大家饭后不期而集，围着后炕桌子，赌兴正酣，忽然听到一阵"噼噼啪啪"的响，大家一愣。爆竹一声除旧，快吃元宵了，还放什么鞭炮？父亲沉下了脸，皱起眉头说："不对，这声音太尖太脆，怕不是爆竹。"正惊讶间，"乒乒乒乒"的声音更紧凑更响亮了。当然比爆炒豆的声音大得多，而且偶然听到划破天空的呼啸而过的嘶响。

我父亲推开赌碗，跑到西厢房去打德律风。德律风者，那时的电话之称，安装在墙上，庞然大物，"呜呜"地摇半天才能叫号通话。德律风打到京师警察厅，那边的朋友说，兵变了，拱卫京师的曹锟部下陆军第三镇驻扎在东城城根儿禄米仓的士兵哗变了！未得其详，电线中断，随后电灯也灭了，一片黑暗。禄米仓离我家不远，怪不得枪声那么清脆可闻。

枪声越来越密，比除夕热闹多了。东南方火光冲天，把半边天照得通亮，火星飞舞，像是有人在放特大号"太平花"。后来知道这是变兵劫掠东安市场，顺手放一把火示威。这时候天上疏疏落落地掉下了一些雨点，有人说是天哭了！胡同里出奇的寂静，没有人声。

我父亲要我们大家戒备，各自收拾东西。家里没有什么细软，但是重要契据、文件打了两个小包袱。我们弟兄姊妹每人都有一点体己。我有一个绒制小口袋，原是装巧克力的，是祁罗福洋行老板送给我的，我二姊说那种黑不溜秋的糖像猴屎，不会好吃，我就把糖果抛弃，留下那只口袋装钱，全部积蓄有三十几块。我把口袋放在桌上，若有个风吹草动，预备抓起口袋就跑。

胡同里有了呼唤声、脚步声，由远而近，嘈嘈杂杂，像潮水涌来。家门口响起两声枪，子弹打在门上，门皮比较厚，没有打穿，随后又有砸门声。看门的南二慌慌张张地跑进里院，大喊："来了，来了！"我们立刻集中到后院，搬梯子，翻墙，躲在墙外邻家的天沟上。打杂的佣人辛二仓皇中躲进了跨院的煤堆后面，幸亏有他留在地面，发生了很大的作用。变兵打不开大门，就爬电线杆翻入临街的后窗，然后开启大门放进大批的弟兄。据估量，进来的大兵至少有十个八个，因为他们搜劫东西之后抛下的子弹一排排的不在少数。算是洗劫，不过洗得不干净，一来没有电灯照明，二来缺乏经验不大知道挑拣，三来每人只有两只手拿不了许多，抢劫历时约二三十分钟，呼啸而出，临去还放几枪留念。煤堆后面的辛二听得没有响动，蹑手蹑脚地出来先关上大门，然后喊我们下地。比兵劫更可怕的是地痞流氓乘机接着抢掠，他们抢起来是穷凶极恶、细大不捐，真能把一家的东西搬光，北平语谓之"扫营儿"。辛二把大门一关，扫营一幕幸而得免。

事后我们检查，损失当然很重，不过也有很多东西该拿而没有拿，不该拿而拿了的。我的那一小袋储蓄，我临时忘携带，平白地奉献了。北平住家的人，家里没有多少贵重物品，箱柜桌椅之类死沉死沉的，抬也抬不动，所以大兵进宅顶多打开钱柜（北平家家都有的木箱形上面开盖的那种钱柜），拿去几十包放在钱板子上的铜板，运气好些的再拿去几只五十两一个的银元宝，再不就是从墙上表盒里拿去十个二十个形形色色的怀表。古玩陈设，他们不识货，只知道拣大个的拿。所以变兵真正地大发利市，另有两种去处，一个是当铺，一个是票庄。前者有物资，后者有现款。大票庄、大当铺都集中在东城，几乎无一幸免，而且比较黑心的掌柜于劫掠之后自己放一把火，浑水摸鱼。从此票庄完全消灭，大当铺也无复昔日的繁荣，多少和票庄、当铺保有密切关系的中产阶级家庭，也从此一蹶不振而中落了。

变兵在东城闹了一夜，黎明波及西城。东城只剩下一般宵小纷纷做扫营的工作。我从大门缝往外看，看见一位苦哈哈抱着一只很大很大的百鹿敦，踽踽而行。路面冰冻，一不小心跌了一跤，敦破，撒在地上的是一堆白米！变兵少数在城内逗留，大部出西直门而去。这时候驻扎在张家口的姜桂题部下的军队（号称"毅军"）奉命开来平乱。正遇见大队变兵，于是大举歼灭。可怜的人，辛苦了一夜，命在须臾。城里面的地痞流氓正在得意忘形自由行动，想不到突然间有人来执法以绳，于是又有不少的人头挂在高竿之上了。我和哥哥商量，想出去看看人头，父母不准我们去。后来看到了照片，那样子很难看。

戏剧性的一场灾祸在新年演出，幕启幕落都十分突兀。那些放枪的、扫营的，不过是跑龙套的而已。演重头戏的是曹锟，而发纵指使的是民国第一任总统袁世凯。他当选总统而不欲南下就职，为寻求借口，于是导演了这样的一出独幕闹剧，为几十万北平居民作新春点缀！迩后又有一出新华春梦，一出贿买大选，丑戏连台，实在不足为怪，我们应该早看出一点头绪。

又逢癸亥

我是清华癸亥级毕业的。现在又逢癸亥，六十年一甲子，一晃儿！我们以为六十周年很难得，其实五十九周年也很难得，六十一周年更难得。不过一甲子是个整数罢了。

我在清华，一住就是八年，从十四岁到二十二岁，回忆起来当然也有一些琐碎的事可说。我在清华不是好学生，功课平平，好多同学都比我强，不过到时候我也毕业了，没有留级过。品行吗，从来没有得过墨盒（只有品学俱佳热心服务或是奉命打小报告的才有得墨盒的资格），可是也没有被记过或进过"思过室"（中等科斋务室隔壁的一间禁闭室）。

级有级长，每年推选一人担任。我只记得第一任级长是周念诚（江苏籍），他是好人，忠厚诚恳，可惜一年未满就病死了。最后一位是谢奋程（广东人），为人精明，抗战期间在香港做寓公，被日军惨杀。

每一个中等科新生，由学校指定高等科四年级生做指导员，每周会晤一二次，用意甚善。指导我的是沈隽祺。事实上和我往还较多的是陈烈勋、张道宏。我是从小没离开过家的人，乍到清华我很痛苦，觉得人生最苦恼事第一件是断奶，而上学住校读书等于是第二次断奶。过了好几年我才习惯于新的环境。但是八年来，每个星期六我必进城回家过一个温暖的周末。那时候回一趟家不简单，坐人力车经海淀到西直门要一个多小时，换车进城到家又是半个多小时。有时候骑驴经成府大钟寺而抵西直门车站，很少时候是走到清华园车站坐火车到西直门。在家里停留二十四小时，便需在古道夕阳中返回清华园。清华园是我第二个家。

八年之中我学到了些什么？英文方面，做到粗通的地步，到美国去读书没有太大的隔阂。教过我英文的有林语堂、孟宪成、马国骥、巢堃琳诸先生，还有几位美国先生。语文方面，在中等科受到徐镜澄先生（我们背后叫他徐老虎，因为他凶）的教诲，在作文方面才懂得什么叫作"割爱"，作文须要少说废话，文字要简练，句法要挺拔，篇章要完整。五四以后，白话文大行，和闻一多几位同好互相切磋，走上了学习新文学的路子。由于积极参加《清华周刊》的编务，初步学会了撰稿、访问、编排、出版一套技巧。

"五四"的学生运动，清华轰轰烈烈地参加了。记得我们的学生领袖是陈长桐。他是天生的领导人才，有令人钦服的气质。我非常景仰他。他最近才去世，大概接近九十高龄了。陈长桐毕业之后继续领导学生自治会的是罗隆基。学生会的活动引发好几次风潮。不一定是学生好乱成性，学校方面处理的方法也欠技巧。有一晚全体学生在高等科食堂讨论罢课问题，突然电灯被熄灭了，这不能阻止学生继续开会，学生点起了无数支蜡烛，正群情激愤中，突然间有小锣会（海淀民间自卫组织）数人打着灯笼前来镇压，据说是应校方报案邀请而来，于是群情大哗，罢课、游行、驱逐校长，遂一发而不可收拾。数年之间，三赶校长。本来校长周寄梅先生，有校长的风范，丞孚人望，假使他仍在校，情势绝不至此。

清华素重体育。上午有十五分钟柔软操，下午四至五时强迫运动一小时，这个制度后来都取消了。清华和外面几个大学常有球类比赛，清华的胜算大，每次重要比赛获胜，举校若狂，放假一天。我的体育成绩可太差了，毕业时的体育考试包括游泳、一百码、四百码、铅球等项目。体育老师马约翰先生对我只是摇头。游泳一项只有我和赵敏恒二人不及格，留校二周补考，最后在游泳池中连划带爬总算游过去了，喝了不少水！不过在八年之中我也踢破了两双球鞋，打断了两只球拍，棒球方面是我们河北省一批同学最擅长的，因此我后来右手拾起一块石子可以投得相当远，相当准。我八年没有生过什么病，只有一回感染了腮腺炎住进了校医室。起码的健康基础是在清华打下的，维持至今。

清华对学生的操行纪律是严格的。偷取一本字典，或是一匹夏布，是要开除的。打架也不行。有一位同学把另一位同学打伤，揪下了一大撮头发，当然是开除处分，这位被开除的同学不服气，跑到海淀喝了一瓶"莲花白"，回来闯进大家正在午膳的饭厅，把斋务主任（外号李胡子）一拳打在地下，结果是由校警把他抓住送出校去。这一闹剧，至今不能忘。

我们喜欢演戏，年终同乐会，每级各演一短剧比赛。像洪深、罗发组、陆梅僧，都是好手。癸亥级毕业时还演过三幕话剧，我和吴文藻扮演女角，谁能相信？

癸亥级友在台北的最多时有十五人，常轮流做东宴集，曾几何时，一个个的凋零了！现只剩辛文锜（卧病中）和我二人而已。不在台北的，有孙立人在台中，吴卓在美国。现在又逢癸亥，欲重聚话旧而不可得，何况举目有山河之异，"水木清华"只在想象中耳！

多做事，多尽责，多谅解

我希望大家多做事，少说话。

我希望大家多尽责，少开会。

我希望大家多谅解，少欢宴。

我根本不空盼望今年能带来什么奇迹。空盼望是没有用的，与其临渊羡鱼，不如退而结网。我们且各就岗位，掏出良心来，自己问自己一下，我们自己能在这一年内做些什么事。把享受方面的打算且搁在一边，把自私的念头且搁在一旁，平心静气地默想三分钟，我们对国家、对人群，究竟有什么贡献。

本篇选自1989年9月台北文经出版社出版的

《梁实秋文选》

我为什么要写作

写作应该是春蚕吐丝、秋叶飘落那样自然，但我难得有这样的诗情画意。我写作，一部分是应人邀约，硬挤出来的；一部分是由于胸中积有愤懑不平之气，或是情感的郁结，一吐为快。有时候，一个人或一些人特别喜欢看我的文字，我也就不住地写，以酬知己。也有时候，是为了稻粱谋，只恨没有司马相如写《长门赋》或韩文公写谀墓文那样的机会。

本篇原载于1986年2月16日台北《联合报》副刊

那些人

星斗其文，赤子其心

我送给他一具珐琅香炉，附带着一大包檀香木和檀香屑。一多最喜欢「焚香默坐」的境界，认为那是东方人特有的一种妙趣，所以特别欣赏陆放翁的两句诗：「欲知白日飞升法，尽在焚香听雨中。」

谈闻一多

一

闻一多生于一八九九年十月二十四日，死于一九四六年七月十五日，不足四十八岁。闻一多早年写新诗是比较卓有成绩的。闻一多有全集行世，朱自清、吴晗、郭沫若、叶圣陶编，上海开明书店印行，但是在台湾是几乎无法看到的。因此，年轻一些的人对于死去不过刚二十年的闻一多往往一无所知。在美国，研究近代文学的人士对于闻一多却是相当注意的，以我所知，以闻一多为研究对象的硕士论文即有好几篇。但是好像还没有人写闻一多的生平事迹。

闻一多短短的一生，除了一死轰动中外，大抵是平静安定的，他过的是诗人与学者的生活，但是对日抗战的爆发对于他是一个转捩点，他到了昆明之后似乎是变了一个人，于诗人学者之外又成了一位"斗士"。抗战军兴之后，一多一直在昆

118

明，我一直在四川，不但未能有一次的晤面，即往返书信也只有一次，那是他写信给我我为他的弟弟家驷谋一教法文的职位。所以，闻一多如何成为"斗士"，如何斗，和谁斗，斗到何种程度，斗出什么名堂，我一概不知。我所知道的闻一多是抗战前的闻一多，亦即是诗人学者之闻一多。我现在所要谈的亦以此为限。"闻一多在昆明"那精彩的一段，应该由更有资格的人来写。

<h2 style="text-align:center">二</h2>

闻一多是湖北浠水人，他的老家在浠水的下巴河镇陈家大岭。他的家庭是一个典型的乡绅人家，大家庭人口众多，子弟们受的都是旧式的教育。一多的初步的语言根底是在幼时就已经打下了的。

闻一多原名是一个"多"字，"一多"是他的号。他考入清华是在一九一二年，一般的记载是一九一三年，那是错误的。他的同班朋友罗隆基曾开玩笑地自诩说："九年清华，三赶校长。"清华是八年制，因闹风潮最后留了一年。一多说："那算什么？在清华前后各留一年，一共十年。"一多在清华头一年功课不及格，留级一次，所以他编入了一九二一年级，最后因闹风潮再留一年，所以是十年。很少人有在清华住上十年的经验。他头一年留级，是因为他根本没有读过英文，否则以他的聪明和用功是不会留级的。

清华学校是一个奇特的学校，中等科四年，高等科四年，比正规的大学少一两年，其目的是准备派遣学生往美国游学。学校隶属于外交部，校长由外交部遴派。学生是由各省按照庚子赔款摊派数量的比例公开考选而来。那时候风气未开，大多数人视游学为畏途，不愿看着自己的子弟漂洋过海地去父母之邦，所以各省应考的人并不多，有几个偏僻省份往往无人应考，其缺额便由各该省的当局者做人情送给别省的亲友的子弟了。例如新疆每年可以考送一名，可是从来没有一个真正的新疆人应考，而每年清华皆有籍贯新疆的学生入学。闻一多的家乡相当闭塞，而其家庭居然指导他考入清华读书，不是一件寻常的事。例如直隶省，首都所在，每年有五个名额应考者亦不过三四十人而已。我看过一本小册（史靖：《闻一多》），有这样的记述，闻一多"随着许多达官贵人和豪门望族的子弟一道，走进了美帝国主义者用中国人民的血汗钱——庚子赔款堆砌起来的清华留美学校"。清华有多少"达官贵人和豪门望族的子弟"？至于说清华是用中国人民的血汗钱庚子赔款堆砌起来的，可以说是对的，不过有一事实不容否认，八国联军只有这么一个"帝国主义者"退还庚子赔款堆砌的这么一个学校，其余的"帝国主义者"包括俄国在内都把中国人民血汗钱囊括以去了，也不知他们拿去堆砌成什么东西了。

我进清华是在一九一五年，在班次上比闻一多晚两年，所以虽然同处在"水木清华"的校园里，起初彼此并无往来。他在课业上表现最突出的是图画。我记得在Miss Starr的图画教室墙上常有T. Wen署名的作品，有炭笔画，也有水彩画。我也喜欢涂两笔，但是看见他的作品之后自愧弗如远甚。在《清华周刊》里又不时地看到他的文学作品，他喜欢作诗，尤其是长篇的古诗排律之类，他最服膺的是以"硬语盘空"著称的韩退之。生硬堆砌的毛病，是照例不可免的，但是字里行间有一股沉郁顿挫的气质，他的想象丰富，功力深厚。

清华的学生来自全国各省，到暑假时学校不准学生住校，一小部分学生不愿长途跋涉返乡省亲的便在西山卧佛寺组织夏令营，大多数均各自束装回乡。一多是年年回家的。他家中的书房颜曰："二月庐。"暑中读书札记分别用中英文抄写，题为《二月庐漫记》，有一年曾在《清华周刊》发表不少。他喜爱读书，于中国文学之外旁及于西洋文艺批评，而且笔下甚勤，随时做有笔记。他看过的书常常有密密麻麻的眉批。

我和一多开始熟识是在"五四"以后。五四运动发源在北京城内，但清华立即响应，且立刻成为积极参加的分子。清华学生环境特殊，在团体精神和组织能力方面比较容易有良好的表现。爱国运动是一回事，新文化运动（包括新文学的兴起）又为一回事，学生在学校里面闹风潮则又为一回事。这三件事差不多同时发生，形成一股庞大的潮流，没有一个有头脑有热情的青年学生能置身事外。一多在这潮流里当然也大露头角。

但是他对于爱国运动，热心是有的，却不是公开的领袖。五四运动之际，清华的学生领袖最初是陈长桐，他有清楚的头脑和天然的领袖的魅力，继起的是和闻一多同班的罗隆基，他思维敏捷，辩才无碍，而且善于纵横捭阖。闻一多则埋头苦干，撰通电、写宣言、制标语，做的是文书的工作。他不善演说，因为他易于激动，在情绪紧张的时候满脸涨得通红，反倒说不出话。学校里闹三次赶校长的风潮，一多都是站在反抗当局的一面，但是他没有出面做领导人。一多的本性是好静的，他喜欢寝馈于诗歌艺术之中，根本不喜欢扰攘喧嚣的局面。但是情感爆发起来，正义感受了刺激，也会废寝忘食地去干，不过他不站出来做领导人，而且一旦发泄之后他会很快地又归于平静。我看见 Geoffrey Grigson 编的 The Concise Encyclopedia of Modern World Literature 页四八一有关于闻一多的这样的一段：

In 1919 he was one of the leaders of the vast student movement which swept over China iv protest against the Treaty of Versailles. On the walls of Tsinghua Unirersity in Peking, where he graduated, he wrote out the in-226 flammatory words of a famous medieval general:

O let all things begin afresh!

Give us back our mountains and our rivers... From

that moment he was a marked man, always hated by the government and admired (when he became a teacher) by his students.

大意是说，在一九一九年发生的抗议《凡尔赛条约》而弥漫全国的庞大学生运动中，他是领袖之一。在北京清华大学墙上他写了岳飞的"待从头、收拾旧山河……"之句。从那时候起，他成了一个被人注意的人，一直被政府所嫉恨，以后教书又被学生所拥护。这话似是而非。政府从来没有嫉恨过他。他心里是厌恶当时的那个政府，但是他既非学生运动领袖，亦没有公开的引人注意的言论与行动，谁会嫉恨他呢？至于在墙上写岳飞的《满江红》，则不是什么有特殊意义的事。

"五四"以后，一多最活跃的是在文学方面，尤其是新诗。在清华园里，他是大家公认的文艺方面的老大哥。一九二〇年，我的同班的几位朋友包括顾一樵、翟毅夫、齐学启、李涤静、吴锦铨和我共六个人，组织了一个"小说研究社"，占一间寝室作为会址，还连编带译地弄出了一本《短篇小说作法》。后来我们接受了闻一多的建议，扩充为"清华文学社"，增添了闻一多、时昭瀛、吴景超、谢文炳、朱湘、饶孟侃、孙大雨、杨世恩等人为会员。后来我们请周作人教授来讲过一次《日本的俳句》，也请过徐志摩来讲过一次《文学与人生》，那都是一多离校以后一年的事了。

一多对于新诗的爱好几近于狂热的地步。《女神》《冬夜》《草儿》《湖畔》《雪朝》……几乎没有一部不加以详细地研究批判。尤其是一九二一到一九二二年，也就是他最后留级的那一年，他不用上课，所有的时间都是可以自由支配的，一多独占高等科楼上单人房一间，满屋堆的是中西文学的书，喜欢文学的同学们每天络绎而来，每人有新的诗作都拿来给他看，他也毫不客气地批评。很多人都受到他的鼓励，我想受到鼓励最多的我应该算是一个。

在清华最后这一年是他最愉快的一年。他写的诗很多，大部分发表在《清华周刊》的《文艺增刊》上，后来集结为一册，题名《红烛》，上海泰东出版。对于新诗，他最佩服的是郭沫若的《女神》，他不能赞同的是胡适之先生以及俞平伯那一套诗的理论。据他看，白话诗必须先是"诗"，至于白话不白话倒是次要的问题。他在临离开清华的时候写过一篇长文《〈冬夜〉评论》，是专批评俞平伯的诗集《冬夜》的，但也是他对新诗的看法之明白的申述，这一篇文章的底稿交由吴景超抄写了一遍径寄孙伏园主编的《晨报副刊》，不料投稿如石沉大海，不但未见披露，而且原稿亦屡经函索而不退回。幸亏留有底稿。我索性又写了一篇《〈草儿〉评论》，《草儿》是康白情的诗集，当时与《〈冬夜〉》同样的有名，二稿合刊为《〈冬夜〉〈草儿〉评论》，由我私人出资，交琉璃厂公记印书局排印，列为"清华文学社丛书第一种"，于一九二二年十一月一日出版。一多的这一篇《〈冬夜〉评论》可以说是他的学生时代的最有代表性的论文，现在抄几段于下，可见一斑：

胡适之先生自序再版《尝试集》，因为他的诗由词曲的音节进而为纯粹的"自由诗"的音节，很自鸣得意。其实这是很可笑的事。旧词曲的音节并不全是词曲自身的音节。音节之可能性寓于一种方言中，有一种方言，自有一种"天赋的"音节。声与音的本体是文字里内含的质素；这个质素发于诗歌的艺术，则为节奏、平仄、韵、双声、叠韵等表象。寻常的语言差不多没有表现这种潜伏的可能性的力量，厚载情感的语言才有这种力量。诗是被热烈的情感蒸发了水汽之凝结，所以能将这种潜伏的美十足地充分地表现出来。所谓"自然音节"最多不过是散文的音节。散文的音节当然没有诗底音节那样完美。俞君能熔铸词曲的音节于其诗中，这是一件极合艺术原则的事，也是一件极自然的事。

……根据作者的"诗的进化的还原论"的原则，这种限于粗率的词调底词曲底音节，或如朱自清所云"易为我们领解采用"，所以就更近于平民的精神；因为这样，作者或许宁肯牺牲其繁密的思想而不予以自由地表现，以玉成其作品的平民的风格吧。只是，得了平民的风格，而失了诗的艺术，恐怕有些得不偿失哟！……我总觉得作者若能摆脱词曲的记忆，跨在幻想的狂恣的翅膀上遨游，然后大胆引吭高歌，他一定能拓得更加开阔的艺术。

……《冬夜自序》里讲道："我只愿随随便便地，活活泼泼地，借当代的语言，去表现自我，在人类中间的我，为爱而活着的我。至于表现的……是诗不是诗，这都和我的本意无关，我以为如要顾念到这些问题，就可根本上无意于作诗，且亦无所谓诗了。"俞君把作诗看得这样容易，这样随便，难怪他作不出好的诗来。……诗本来是个抬高的东西，俞君反拼命地把他往下拉，拉到打铁的抬轿的一般程度。我并不看轻打铁的抬轿的人格，但我确乎相信他们不是作好诗懂好诗的人。不独他们，便是科学家哲学家也同他们一样。诗是诗人作的，犹之乎铁是打铁的打的，轿是抬轿的抬的。

这一篇文字虽然是一多的少作，可能不代表他的全部的较成熟的思想，但是他早年的文学思想趋势在这里显露无遗。他不佩服胡适之先生的诗及其见解，对于俞平伯及其他一批人所鼓吹的"平民风格"尤其不以为意。他注重的是诗的艺术、诗的想象、诗的情感，而不是诗与平民大众的关系。他最欣赏的是济慈的《夜莺歌》和科律己的《忽必烈汗》。所以他推崇《女神》中的《蜜桑索罗普之夜歌》：

> 啊，我与其学做个泪珠的鲛人，
> 返向那沉黑的海底流泪偷生，
> 宁在这缥缈的银辉之中，
> 就好像那个堕落了的星辰，
> 曳着带幻灭的美光，
> 向着"无穷"长殒！

而他不能忍耐《冬夜》的琐碎凡庸。他说：

> 不幸的诗神啊！他们争道替你解放，"把从前一切束缚'你的'自由的枷锁镣铐打破"，谁知在打破枷锁镣铐时他们竟连你的灵魂也一齐打破了呢！

在悠闲的生活中忽然面临一项重大问题：婚姻问题。清华没有不许学生结婚的明文规定，但是事实上正规入学的学生只有十四岁，八年住校，毕业游美，结婚是不可能的事。学校也不鼓励学生结婚。同时男女同校之风未开，清华学生能有机会结交异性朋友的乃例外之例外。清华是一个纯粹的男性社团。一多的家庭是旧式的，典型的农村中的大家庭，所以父母之命不可违，接到家书要他寒假期间返家完婚，如晴天霹雳一般打在他的头上。他终于不能不向传统的势力低头。一九二二年二月他在家乡和他的姨妹高孝贞女士结婚了。这位姨妹排行第十一，一多简称她为"一妹"。高女士也是旧式大家庭出身。虽所受教育不多，但粗识文字，一直生活在家乡的那个小环境里。婚后一个多月，一多立即返回清华园里过他的诗人的生活。一多对他的婚姻不愿多谈，但是朋友们都知道那是怎样的一般经验。旧式的男女关系是先结婚后恋爱，新式的是先恋爱后结婚。一多处于新时代发轫之初，他的命运使他享受旧时代的待遇。而且旧时代的待遇他也没能全盘享受，结婚后匆匆返回校内，过了半年又匆匆出国，结婚后的恋爱好像也一时无法进行。一多作诗的时候拼命地作诗，治学的时候拼命地治学，时间根本不够用，好像没有余暇再管其他的事，包括恋爱的生活在内。他有一位已婚的朋友移情别恋，家庭时起勃豁，他就劝说他道："你何必如此呢？你爱她，你是爱她的美貌，你为什么不把她当作一幅画像一座雕像那样去看待她呢？"可见他自己是全神贯注在艺术里，把人生也当作艺术去处理。我没有理由说他的婚姻是失败的，因为什么才是失败什么才是成功，其间的分际是很不易说的。你说卢梭的婚姻是失败还是成功，别人的看法和当事人自己的看法出入颇大。

请看一多写给他的夫人的一封信：

亲爱的妻：这时他们都出去了，我一人在屋里，静极了，静极了，我在想你，我亲爱的妻，我不晓得我是这样无用的人，你一去了，我就如同落了魂一样。我什么也不能做。前回我骂一个学生为恋爱问题读书不努力，今天才知道我自己也一样。这几天忧国忧家，然而心里最不快的，是你不在我身边。亲爱的，我不怕死，只要我俩死在一起。我亲爱的妹妹，你在哪里？从此我不再放你离开我一天，我的心肝！你一哥在想你，想得要死！

亲爱的，午睡醒来，我又在想你。时局确乎要平静下来，我现在一心一意盼望你回来，我的心这时安静了好多。

一九三七年七月十六日

显然的这不像是一位诗人写的信，这是一个平凡的男子写给他的平凡的妻子的信，很平庸但也很真挚。理想的婚姻是少有的，文人而有理想的婚姻在中外古今的历史上都不多见，偶然一见便要被称为佳话。但是圆满成功的婚姻则比比皆是。我们看了上面的这一封信，可以憬然于一多的婚姻的真相。

一多在离开清华之前，特为我画了一幅《荷花池畔》，画的是工字厅后面的荷花池，那是清华园里唯一的风景区，也是清华园里的诗人们平素徘徊啸傲之所在，是用水彩画的，画出一片萧瑟的景色。此前他又为我画了一幅《梦笔生花图》，是一幅图案画的性质，一根毛笔生出无数缤纷的花朵，颇见奇思。

一九二二年七月十六日一多放洋赴美。

三

一多是在无可奈何的情形之下到美国去的，他不是不喜欢美国，他是更喜欢中国。看他在出国前夕写给我的一封信，便可窥见这个行将远适异国的学子怀有什么样的情绪：

> 归家以后，埋首故籍，"著述热"又大作，以致屡想修书问讯，辄为搁笔。清晨盆莲初放，因折数枝供之案头，复课侄辈诵周茂叔《爱莲说》，便不由得不联想及于三千里外之故人。此时纵犹惮烦不肯做一纸寒暄语以慰远怀，独不欲借此以钓来一二首久久渴念之《荷花池畔》之新作乎？（如蒙惠书，请寄沪北四川路青年会。）
>
> 《李白之死》竟续不成，江郎已叹才尽矣！归来已缮毕《红烛》，赓续《凤叶丛谭》（现更名《松麈

谈玄阁笔记》——放翁诗曰："折取青松当麈尾，为子试谈天地初"），校订增广《律诗底研究》，作《义山诗目提要》，又研究放翁，得笔记少许。暇则课弟、妹、细君及诸侄以诗，将以"诗化"吾家庭也。

　　……附奉拙作《红荷之魂》一首，此归家后第一试也。我近主张新诗中用旧典，于此作中可见一斑。尊意以为然乎哉？放翁有一绝云："六十余年妄学诗，功夫深处独心知。夜来一笑寒灯下，始是金丹换骨时！"骨不换固不足言诗也。老杜之称青莲曰："自是君身有仙骨，世人哪得知其故？"吾见世人无诗骨而妄学诗者众矣。南辕北辙必其无通日，哀哉！

　　这一封信是六月二十二日写的，他满脑子的是诗、新诗、中国的旧诗，并且"主张新诗中用旧典"。他行前和我商量过好几次，他想放弃游美的机会，我劝他乘风破浪一扩眼界，他终于成行了。在海上，他又来了一封信，初出国门所遇到的便是扫兴失望：

　　我在这海上漂浮的六国饭店里笼着……，但是我的精神乃在莫大的压力之下。我初以为渡海的生涯定是很沉寂、幽雅、寥廓的；我在未上船以前，

131

时常想在汉口某客栈看见的一幅八仙漂海底画，又时时想着郭沫若君的这节诗：

无边的天海呀！
一个水银的浮沤！
上有星汉湛波，
下有融晶泛流，
正是有生之伦睡眠时候。
我独披着件白孔雀的羽衣，
遥遥地，遥遥地，
在一只象牙舟上翘首。

但是既上船后，大失所望。城市生活不但是陆地的，水上也有城市生活。……这里竟连一个能与谈话的人都找不着，他们不但不能同你讲话，并且闹得你起坐不宁。走到这里是"麻雀"，走到那里又是"五百"；散步他拦着你的道路，静坐他扰乱你的思想。我的诗兴被他们戕害到几乎等于零；到了日本海峡及神户之布引泷等胜地，我竟没有半句诗的赞叹讴歌。不是到了胜地一定得作诗，但是胜地若不能引起诗兴，商店工厂还能吗？……

到了美国之后，他进了芝加哥的美术学院。芝加哥是一个大都市，其难于邀得诗人的青睐是可以预料到的。那地方人多、拥挤、嘈杂、冷酷，工厂的烟囱多，于是灰尘也多，一言以蔽之是脏而乱。我不知道他为什么选中这个地方来上学，也许是因为那个学校相当的有名。这学校是九月二十五日开课，他在二十四日夜写信说："不出国不知道思家的滋味，想你……当不致误会以为我想的是狭义的'家'，不是！我所想的是中国的山川、中国的草木、中国的鸟兽、中国的屋宇——中国的人。"本来一个中国人忽然到了外国，举目一望尽是一些黄发绿眼之人，寂寞凄凉之感是难免的，人非木石，孰能遣此？但是一多的思乡病是异于寻常的，他是以纯粹中国诗人的气质而一旦投身于物质文明极发达的蛮荒。所以他说："我看诗的时候可以认定上帝——全人类之父，无论我到何处，总与我同在。但我坐在饭馆里，坐在电车里，走在大街上的时候，新的形色，新的声音，新的臭味，总在刺激我的感觉，使之仓皇无措，突兀不安。"十月二十七日他来信说，在病中作《忆菊》一首，这一首可以说是他的最有代表性的作品：

　　　　插在长颈的虾青瓷的瓶里，

　　　　六方的水晶瓶里的菊花，

　　　　攒在紫藤仙姑篮里的菊花；

　　　　守着酒壶的菊花。

陪着螯盏的菊花，

未放、将放、半放、猛放的菊花；

镶着金边的绛色的鸡爪菊；

粉红色的碎瓣的绣球菊；

懒慵慵的江月腊哟！

倒挂着一饼蜂窠似的黄心，

仿佛是朵紫的向日葵呢。

长瓣抱心，密瓣平顶的菊花；

可爱的尖瓣攒蕊的白菊，

如同美人的蜷着的手爪，

拳心里攫着一撮小黄米。

檐前、阶下、篱畔、圃心的菊花；

霭霭的淡烟笼着的菊花，

丝丝的疏雨洗着的菊花，

金的黄，玉的白，春酿的绿，秋山的紫……

剪秋罗似的小红菊花儿；

从鹅绒到古铜色的黄菊；

带紫茎的微绿的"真菊"

是些小小的玉管儿缀成的，

为的是好让小花神儿

夜里偷去当了笙儿吹着。

大似牡丹的菊王到底豪奢些，

他的枣红色的瓣儿，铠甲似的，

张张都装上银白的里子了；

星星似的小菊花蕾儿，还拥着褐色的萼被睡着

觉呢。

啊！自然美得总收成啊！

我的祖国的秋之杰作啊！

啊！东方的花，骚人逸士的花呀！

那东方的诗魂陶元亮

不是你的灵魂的化身吗？

那登高作赋的重九

不又是你诞生的吉辰吗？

你不像这里的热欲的蔷薇，

那微贱的紫罗兰更比不上你。

你是有历史，有风范的花。

啊！四千年华胄的名花呀！

你有高超的历史，你有逸雅的风俗！

啊！诗人的花呀！我想起你，

我的心也开成顷刻之花，

灿烂的如同你一样；我想起你同我的家乡，

我们的庄严灿烂的祖国，

我的希望之花又开得同你一样！

习习的秋风，吹着！吹着！

我要赞美我祖国的花！

我要赞美我如花的祖国！请将我的字吹成一簇

鲜花，

金的黄，玉的白，春酿的绿，秋山的紫……

然后又统统吹散，吹得落英缤纷，

弥漫了高天，铺满了大地。

秋风啊！习习的秋风啊！

我要赞美我祖国的花！

我要赞美我如花的祖国！

在这首诗里他显然是借了菊花而表达他的炽烈的对祖国的爱。他对于美国的一方面有些厌恶，也是事实，例如他的一首《孤雁》就有这样的一段：

呵！那里是苍鹰的领土——

那鸷悍的霸王啊！

它的锐利的指爪，

已撕破了自然的面目，

建筑起财力的窠巢。

那里只有铜筋铁骨的机械，

喝醉了弱者的鲜血，

吐出些罪恶的黑烟，

涂污我太空，闭熄了日月，

教你飞来不知方向，

息去又没地藏身呵！

　　一多是学画的，在美术学院起初也很努力。学画要从素描起，这是画的基本功。他后来带了两大卷炭画素描给我看，都是大幅的人体写生，石膏像做模特儿的。在线条上，在浓淡阴影上，我觉得表现都很不错，至少我觉得有活力。可是一多对于这基本的训练逐渐不耐烦，画了一年下来还是石膏素描，他不能忍了。一个重要的原因是他对文学的兴趣太浓。他不断地写信给我，告诉我他如何如何地参加了芝加哥 The Arts Club 的餐会，见到了女诗人 Amy Lowell，后来又如何地晤见了 Carl Sandburg。他对于当时美国所谓"意象派"的新诗运动发生兴趣，特别喜爱的是擅细腻描写的 Fletcher。他说"他是设色的神手，他的诗充满浓丽的东方色彩"。

在一九二三年二月十五日写信说：

> 我想再在美住一年就回家。我日渐觉得我不应
> 该做一个西方的画家，无论我有多少的天才！我现
> 在学西方的绘画是为将来做一个美术批评家。我若
> 有所创作，定不在纯粹的西画里。

事实上他在一九二二年十一月二十八日给他父母亲的家书里早已吐露了他的心事：

> 后年年底（一九二四年）我当能归国。日前闻
> 一教员云：在此校肄业两年，根底功夫已足矣，此
> 后自己作功夫可也。故我若欲早归，后年秋天亦可
> 归来。但特来美一次，住个两年半，亦不算久，我
> 当有此忍耐性以支持到底也。想家中得知我留美期
> 限又由三年减至二年半，亦足惊喜矣。然而局外人
> 或因别人求学四五或六年而我两年半即归，遂责我
> 向学之心不切。噫！此岂可为俗人道哉！我未曾专
> 门攻文学，而吾之文学成绩殊不多后人也。今在此
> 学美术，吾之把握亦同然。吾敢信我真有美术之天
> 才，学与不学无大关系也，且学岂必在课堂乎？且

美利坚非我能久留之地也。一个有思想之中国青年留居美国之滋味，非笔墨所能形容。俟后年年底我归家度岁时当与家人围炉絮谈，痛哭流涕，以泄余之积愤。

四

一九二三年九月三日我到了美国科罗拉多温泉（也称珂泉），这里有一个大学，规模很小，只有几百个学生，但是属于哈佛大学所承认的西部七个小大学之一。最引人入胜的是此地的风景。地当落基山脉派克斯峰之麓，气候凉爽，景物宜人。我找好了住处之后立刻寄了一封信给一多，内附十二张珂泉风景片，我在上面写了一句话："你看看这个地方，比芝加哥如何？"我的原意只是想逗逗他，因为我知道他在芝加哥极不痛快，我拿珂泉的风景炫耀一下。万万想不到，他接到我的信后，也不复信，也不和任何人商量，一声不响地提着一个小皮箱子，悄悄地乘火车到珂泉来了！他就是这样冲动的一个人。

一多到珂泉不是为游历，他实在耐不了芝加哥的孤寂。他落落寡和，除了同学钱宗堡（后来早死）以外他很少有谈得来的人。他到珂泉我当然欢迎，我们同住在 Wabash St 一个报馆排字工人米契尔先生家里，我住一大间，他住一小间，连房带饭每人每月五十五元（我们那时的公费是每月八十元）。住妥

139

之后，我们一同到学校去注册，我是事先接洽好了的进入英语系四年级，一多临时请求只能入艺术系为特别生。其实他是可以做正式生的，只消他肯补修数学方面的两门课程。一多和我在清华时数学方面的课程成绩很差，勉强及格，学校一定要我们补修。我就补修了两门，三角及立体几何。一多不肯。他觉得性情不近数学，何必勉强学它，凡事皆以兴之所至为指归。我劝他向学术纪律低头，他执意不肯，故他始终没有获得正式大学毕业的资格。但是他在珂泉一年，无论在艺术或文学方面获益之多，远超过他在芝加哥或以后在纽约一年之所得，对于英诗，尤其近代诗，他获得了系统的概念及入门的知识，因为他除了上艺术系的课之外还分出一半时间和我一同选修"丁尼孙与伯朗宁"及"现代英美诗"两门课。教这两门课的是一位Daeler副教授，这位先生无籍籍名，亦非能说善道之辈，但是他懂得诗，他喜爱诗，我们从他学到不少有关诗的基本常识。我们一同上课，一同准备，一同研讨。这对于一多在求学上是一大转捩点，因为从此他对于文学的兴趣愈益加浓，对于图画则益发冷淡了。

艺术系是由Leamings姐妹二人主持的，妹妹教画，姐姐教美术史。我也旁听美术史一课，和一多一同上课，课本用的是《阿坡罗》。两位老小姐（均在六十岁左右）对于一多极为赏识，认为他是她们的生徒中未曾有的最有希望者之一。她们特别欣赏一多的嘴，认为那是她们从未见过的"Sensuous mouth"——"引起美感的嘴"。说起人的相貌，一多对我讲过一段有趣的话，他说他虽然热爱祖国，但不能不承认白种人的脸像是原版初刻，脸上的五官清清楚楚，条理分明，我们黄种人的脸像是翻版的次数太多，失之于漫漶。如今美国的美术教授也欣赏起我们的版本！有一天两位老小姐请我们到她们家里吃饭，显然的是她们不善烹调，满屋子油烟弥漫，忙作一团，可是没有看到丰盛的菜肴，不过她们的殷勤盛意实在太可感了。我和一多在赴宴之前商量送点小小的礼物，我从箱子里找出一块前清宫服袍褂上的"黻子"，配上一个金色斑斓的框子，有海波浪，有白鸟，有旭日，居然像是一幅美丽的刺绣画！她们本来是爱慕中国的，看见这东西高兴极了，不知挂在什么地方好。又有一次，她们开着一辆彼时女人专用的那种不用驾驶盘而用两根柄杆操纵的汽车带我们去游仙园（The Garden of Gods）。那是我们第一次看到的奇景，平地突起一个个红岩石的奇峰，诡怪不可名状，我国桂林有类似景象，不过规模小得多了。

　　一多对西班牙的画家 Velasquez 的作品颇感兴趣，他画的人物差不多全是面如削瓜狰狞可怖，可是气氛非常厚重而深沉。梵谷的画，他也有偏爱，他爱他的那份炽盛的情感。有一天一多兴至要为我绘半身像，我当然也乐于做免费的模特儿。那张油画像，真是极怪诞之能事，头发是绿色的，背景是红色的，真是"春风满须绿髯松"，看起来好吓人！他的画就是想走印象主义的路子。他画过一幅风景，以学校附近一礼拜堂为背景，时值雪后初霁，光线特别鲜明，他把阴影都画成紫色，并且完全使用碎点法，我认为非常成功，他的老师也很夸奖。一多作画，不动笔则已，一动笔则全神贯注，不眠不食如中疯魔，不完成不辍休。学年快终了时，教授怂恿他参加纽约的一年一度的美展，于是耗用了两个月的时间赶画了一二十幅画，配好了框子装了满满一大木箱，寄到纽约去。赶画的时间，他几乎天天锁起门来（这时期我们住在学校宿舍海格曼大楼），到了吃饭的时候我要去敲门喊他。有一次我敲门不应，我从钥匙孔里窥见他在画布上戳戳点点，于是我也就不惊动他，让他饿一顿。他把公费大部用在图画器材上面，吃饭有时要举债。不幸他的巨大的努力没有赢得预期的报酬，十几幅画中只有一幅获得了一颗金星。这一打击是沉重的，坚定了他的放弃学画的决心，但是也可说是他的因祸得福，因为如果他没有这次的挫折，作品能有几张入选，以后在西画一方面究竟能有多少成就实在是很难说的。画这样东西，不同于若干其他学科，除了需要天才与苦功之外还需要有深厚的民族历史的背景所孕育出来的一种气质。中国人画西画，其中总有一点隔阂。像一多这样一个民族气息极为浓烈的人何以没有从西画转到中画上来，实是一件很令人难解的事。我从来没看见他画过一笔中国画，也不大听他谈论起中国画。我是喜欢中国画的，有一次和他闲话，他以为中国的山水画没有花卉好，我的意见和他相左，争辩甚久。他所以没转到中国画上来，一个重要原因是环境，从清华到美国他的教育环境里没有中国画，他的朋友里没有一个是中国画家。另一个原因是他太爱好文学，搁下画笔便是文学的研究与创作，从没有想到在六法上一试身手。可是他并不是完全没有想到这一个问题，一九二三年二月十日他写信给他的弟弟闻家骝说：

> 我现在着实怀疑我为什么要学西洋画，西洋画实没有中国画高。我整天思维不能解决。
>
> ……中国人贱视具形美术，因为我们说这是形式的，属感官的，属皮肉的。我们重心灵，故曰五色乱目，五声乱耳。这种观念太高，非西人（物质文化的西人）所能攀及。

在英诗班上，一多得到很多启示。例如丁尼生的细腻写法the ornate method和伯朗宁之偏重丑陋the grotesque 的手法，以及现代诗人霍斯曼之简练整洁的形式，吉伯林之雄壮铿锵的节奏，都对他的诗作发生很大的影响。例如他以后所写的《死水》：

> 这是一沟绝望的死水，
> 清风吹不起半点漪沦。

不如多扔些破铜烂铁，
爽性泼你的剩菜残羹。

也许铜的要绿成翡翠，
铁罐上锈出几瓣桃花；
再让油腻织一层罗绮，
霉菌给他蒸出些云霞。

让死水酵成一沟绿酒，
漂满了珍珠似的白沫；
小珠们笑声变成大珠，
又被偷酒的花蚊咬破。

那么一沟绝望的死水，
也就夸得上几分鲜明。
如果青蛙耐不住寂寞，
又算死水叫出了歌声。

这是一沟绝望的死水，
这里断不是美的所在；
不如让给丑恶来开垦，
看他造出个什么世界。

这一首诗可以推为一多的代表作之一，我们可以清楚地看出这整齐的形式，有规律的节奏，是霍斯曼的作风的影响。那丑恶的描写，是伯朗宁的味道，那细腻的刻画，是丁尼生的手段。这首诗的主旨是写现实的丑恶，当然也有"化腐朽为神奇"的企图，一多为人有一强烈的矛盾，理想与现实的要求在他心里永远在斗争，他想在艺术里、诗里求得解脱与协调。我在前面提到的Grigson编的那本书也曾提到这一首诗，他说"'一沟绝望的死水'当然即是中国，闻一多终其生都在希望着破铜烂铁能变成为翡翠一般的绿。"这完全是附会。一多写这首诗的时候，正是我们一同读伯朗宁的长诗《指环与书》的时候。他有爱国思想，但不是表现在这首诗里。有强烈爱国思想的诗可以举《洗衣歌》为代表：

洗衣歌

洗衣是美国华侨最普通的职业，因此留学生常常被人问道："你爸爸是洗衣裳的吗？"

（一件，两件，三件，）

洗衣要洗干净！

（四件，五件，六件，）

熨衣要熨得平！

我洗得净悲哀的湿手帕，
我洗得白罪恶的黑汗衣，
贪心的油腻和欲火的灰……
你们家里一切的脏东西，
交给我洗，交给我洗。

铜是那样臭，血是那样腥，
脏了的东西你不能不洗，
洗过了的东西还是得脏，
你忍耐的人们理它不理？
替他们洗！替他们洗！

你说洗衣的买卖太下贱，
肯下贱的只有唐人不成？
你们的牧师他告诉我说：
耶稣的爸爸做木匠出身，
你信不信？你信不信？

胰子白水耍不出花头来，
洗衣裳原比不上造兵舰。
我也说这有什么大出息——
流一身血汗洗别人的汗？

你们肯干？你们肯干？

年去年来一滴思乡的泪，

半夜三更一盏洗衣的灯……

下贱不下贱你们不要管，

看哪里不干净哪里不平，

问支那人，问支那人。

我洗得净悲哀的湿手帕，

我洗得白罪恶的黑汗衣，

贪心的油腻和欲火的灰，

你们家里一切的脏东西，

交给我——洗，交给我——洗。

（一件，两件，三件，）

洗衣要洗干净！

（四件，五件，六件，）

熨衣要熨得平！

这是一首有血有泪的诗。在艺术方面我们可以看出模仿吉伯林甚至Vachel Lindsay的意味。更重要的是诗里的含义。一多是一个极敏感的人，看到中国人在外国受人歧视便愤不可

147

遏。即以珂泉这小地方而论，当地人士都对我们很好，但是友好的气氛当中有时不是没羼着一种令人难堪的"施恩的态度"。洗衣为业的华侨所受的待遇给一多以极大的刺激。他对外国人的优越态度之反抗，是在这种情形下培植起来的。

学校里有学生主办的周报一种，有一次上面刊出了一首诗，不知是何人的手笔，显然的是一个美国学生，题目是 *The Sphinx*，内容是说中国人的面孔活像人首狮身谜一般的怪物，整天板着脸，面部无表情，不知心里想的是一些什么事。在外国人眼里，中国人显着神秘，这是实情。可能大多数美国学生都有这样的看法。这首诗写得并不怎么好，可是没有侮辱的意味，顶多是挑衅。一多和我都觉得义不容辞应该接受此一挑衅，于是我们分别各作一诗答之。一多写的一首分量比较重，他历数我们中国足以睥睨一世的历代宝藏，我们祖宗的丰功伟绩。平心而论，除了这些之外我们还有什么东西足以傲人呢？两首诗同时在下一期刊物上发表了，引起全校师生的注意，尤其是一多那首功力雄厚、辞藻丰赡，不能不使美国小子们叹服。可惜剪报我现时没有带在手边。

一多在珂泉的生活是愉快的，只是穷苦一些。每月公费八十元，足敷生活所需，只是他的开销较大，除了买颜料帆布之外还喜购买诗集，而且还经常有一项意外开销，便是遗失。有时所谓遗失只是忘了放在什么地方。因此不免有时捉襟见肘。他虽住在外国，但仍不能忘怀中国生活的情趣，在宿舍里用火酒炉煮水沏茶是常事。不喝茶还能成为中国人？有时候乘兴煮鸡蛋数枚，范围逐渐扩大，有一回竟煮起水饺。这引起了管理人的不满，但是水饺煮熟之后送给他一碗尝尝，他吃得眉开眼笑，什么也没再说。一多曾经打翻过一只火酒炉，慌张中烧焦了他的一绺头发。

一多的房间经常是乱糟糟的，床铺从来没有清理过，那件作画时穿着的披衣除了油彩斑斓之外，还有各种各样的渍痕。最令人惊讶的是他的书桌，有一次我讥笑他的书桌的凌乱，他当时也没说什么，第二天他给我一首诗看：

闻一多先生的书桌

忽然一切的静物都讲话了，
　　忽然间书桌上怨声腾沸：
墨盒吟呻道："我渴得要死！"
字典喊雨水渍湿了他的背。

信笺忙叫道弯痛了他的腰；
　　钢笔说烟灰闭塞了他的嘴，
毛笔讲火柴烧秃了他的须，
　　铅笔抱怨牙刷压了他的腿。
香炉咕噜着："这些野蛮的书，
　　早晚定规要把你挤倒了！"

大钢表叹息快睡锈了骨头，

　　"风来了！风来了！"稿纸都叫了；

笔洗说他分明是盛水的，

　　怎么吃得惯臭辣的雪茄灰；

桌子怨一年洗不上两回澡，

　　墨水壶说："我两天给你洗一回。"

"什么主人？谁是我们的主人？"

　　一切的静物都同声骂道，

"生活若果是这般的狼狈，

　　倒还不如没有生活的好！"

主人咬着烟斗眯眯地笑，

　　"一切的众生应该各安其位。

我何曾有意地糟蹋你们，

　　秩序不在我的能力之内。"

　　这首诗很有谐趣，他写此诗的动机不仅是为他的邋遢解嘲，诗的末行还吐露一切事自己做不得主宰只好任其自然之意。我不知道他写此诗时是否想起了波斯诗人欧谟的《鲁拜集》中之那些会说话的酒罐子，因为他非常喜欢这个古波斯诗人的那种潇洒神秘的享乐主义。

在珂泉我们没有忘记游山逛水。那地方有的是名胜可以登临。仙园我已经提过，此外如曼尼图山（Mt. Manitou）、七折瀑（Seven Falls）、风洞（Cave of Winds）都很好玩。曼尼图山虽不高，但有缆车，升降便利，可以远眺。七折瀑是名副其实的七折瀑布，拾级而上，中间可停足七次，飞瀑如练，在身边直泻。风洞是一巨大山洞，里面充满了钟乳石和石笋，亮晶晶的，蔚为奇观。洞里有一大堆妇女遗下的头发夹子，年久腐锈粘成比人还高一点的大冢一般的堆，据说投一只发夹在婚事上可谐良缘云。最胜处当然是派克斯峰（Pikes Pea），是落基山脉的一个有名的山峰，海拔一万四千一百一十英尺，我和一多雇车上山，时在盛夏，沿途均见积雪，到达山顶时冻得半僵，在一小木室内观光簿上签名留念，买一杯热咖啡喝，赶紧下山，真所谓"高处不胜寒"也。最难忘的是一次我和一多数人驱车游仙园，一多的目的是为写生，我们携带着画具及大西瓜预备玩一整天。我的驾驶技术不精，车入穷途，退时滑下山坡，只觉耳畔风声呼呼，急溜而下，势不可停，忽然车戛然而止，原来是车被夹在两棵巨松之间，探首而视，下临深渊。我们爬出来，遥见炊烟袅袅，叩门求援，应门者仅能操西班牙语，赖手势勉强达意。乃携一圈长绳，一端系车上，另一端挂一树上，众力拽之，居然一英寸一英寸地拉上道路，车亦受损，扫兴之余，怏怏而归。

珂泉一年很快地结束了，我到哈佛大学去继续念书，一多要到纽约，临别不胜依依。一多送了我他所最心爱的霍斯曼诗集两册及叶芝诗集一册，我送给他一具珐琅香炉，是北平老杨天利精制的，上面的狮子黄铜纽特别细致，附带着一大包檀香木和檀香屑。一多最喜欢"焚香默坐"的境界，认为那是东方人特有的一种妙趣，所以特别欣赏陆放翁的两句诗："欲知白日飞升法，尽在焚香听雨中。"他自己也有一只黄铜小香炉，大概是东安市场买的，他也有檀香木，但是他没有檀木屑。焚香一定要有檀木屑，否则烟不浓而易熄。一多就携带着我这只香炉到纽约"白日飞升"去了。

五

我和一多离开珂泉东去，是搭伴同行的，途经芝加哥，停留了约两星期，这是一个有计划的行动。

一个人或一个国家，在失掉自由的时候才最能知道自由之可贵，在得不到平等待遇的时候才最能体会到平等之重要。年轻的学生到了美国，除了极少数丧心病狂、甘心媚外、数典忘祖的以外，大都怀有强烈的爱国心。美国人对中国人民是友善的，但是他们有他们的优越感，在民族的偏见上可能比欧洲人还要表现得强烈些。其表现的方式有时是直截了当地侮辱，有时是冷峻地保持距离，有时是高傲地施予怜悯。我们的华侨，尽管有少数赤手起家扬眉吐气的，大多数人过的是忍气吞声的生活。所以闻一多有《洗衣歌》之作。一多到了珂泉之后就和我谈起过有关陈长桐在珂泉遭遇过的故事，说的时候还脸红脖子粗的悲愤激动。陈长桐到珂泉的一家理发馆去理发，坐在椅子上半天没有人理，最后一个理发匠踱了过来告诉他："我们不伺候中国人。"陈长桐到法院告了一状，结果是官司赢了，那理发匠于道歉之余很诚恳地说："下回你要理发请通知一声，我带了工具到你府上来，千万请别再到我店里来！"因为黄人进入店中理发，许多白人就裹足不前了。像这样的小事，随时到处都有。珂泉大学行毕业礼时，照例是毕业生一男一女地排成一双一双地纵队走向讲台领取毕业文凭，这一年我们中国学生毕业的有六个，美国女生没有一个愿意和我们成双作对地排在一起，结果是学校当局苦心安排让我们六个黑发黑眼黄脸的中国人自行排成三对走在行列的前端。我们心里的滋味当然不好受，但是暗中愤慨的是一多。虽然他不在毕业之列，但是他看到了这个难堪的场面，他的受了伤的心又加上一处创伤。诗人的感受是特别灵敏的，他受不得一点委屈。零星的刺激终有一天会使他爆发起来。

清华毕业留美的学生，一九二一级、二二级、二三级这三级因为饱受了五四运动的震荡，同时在清华园相处的时间也比较长，所以感情特别融洽，交往也比较频繁一些。一多和我在珂泉一年，对于散处美国各地的同学们经常保持接触，例如在威斯康辛的罗隆基、何浩若，明尼苏塔的时昭瀛、吴景超，经常鱼雁往还，除了私人问讯之外也讨论世界国家大势，大家意气相投，觉得有见面详细研讨甚而至于组织起来的必要，所以约定在暑假中有芝加哥之会。

芝加哥大学附近有一条街叫 Drexel Street，在街的尽头有一家小旅馆 Drexel Hotel，房子很陈旧，设备很简陋，规模很狭小，但是租金很便宜。我们从各处来的朋友约十余人就下榻在这个地方。因为根本没有别的房客，所以好像是由我们包下来的一样。连日大家交换意见，归纳下来有几项共同的看法。

第一，鉴于当时国家的危急的处境，不愿侈谈世界大同或国际主义的崇高理想，而宜积极提倡国家主义（nationalism）。

第二，鉴于国内军阀之专横恣肆，应厉行自由民主之体制，拥护人权。

第三，鉴于国内经济落后，人民贫困，主张由国家倡导从农业社会进而为工业社会。

一多不是研究政治经济的人，他是一个重情感的人，在国内面对着那种腐败痛苦的情形他看不下去，到了国外又亲身尝到那种被人轻蔑的待遇他受不了，所以他对于这一集会感到极大的兴趣。

会谈有了结论之后，就进一步讨论到组织问题。首先要解决的是名称，你一言我一语喧嚷了好几天，最后勉强同意使用

"大江"二字，定名为"大江会"，也没有什么特殊意义，不过是利用中国现成专名象征中国之伟大悠久。大江会的成立典礼就在这家旅馆的客厅举行。我从国内带来一幅定制的绸质的大国旗，长有一丈，这一回可派上了用场。典礼的一个项目是宣誓，誓词是："余以至诚宣誓，信仰大江的国家主义，遵守大江会章，服从多数，如有违反愿受最严厉之处分。""大江的国家主义"，所以表示异于普通的狭隘的军国主义。哲学家罗素那一年正好在美国讲学，道经威斯康辛，我们的几个朋友就去访问他，他是主张泯除国界的大同主义者，反对激烈的爱国主义，但是他听取了我们的陈述和观点之后，沉吟一阵，终于承认在中国的现况之下只能有推行国家主义之一途，否则无以自存。罗素的论断给了我们很大的鼓励。从此，我们就是宣过誓的国家主义者了。

大江会不是政党，更不是革命党，亦不是利害结合的帮会集团，所以并没有坚固组织，亦没有活动纲领，会员增加到三五十人《大江季刊》（上海泰东图书公司出版）出了两期，等到大部分人回国后各自谋生去，团体也就涣散了。

六

一多到了纽约之后，生活方式大变。他住在江滨大道的国际学舍里，那是在离哥伦比亚大学不远的一座十几层的大楼，许多中国男女学生都住在这里，每人一小间房屋，租金低廉，环境还算是清静，除了日夜不停的一阵阵高轨火车呼啸而过震耳欲聋的声音以外。一多在一所纽约艺术学院注册，还是继续学画，但是事实上他这一年没有好好地上课，先是三天打鱼两天晒网，后来索性不去上学了。从这时候起他蓄了长发，作艺术家状，日久颈后发痒，则约友辈互相用剪刀修整之。常往来的朋友们如张禹九、赵太侔、熊佛西等都是长发披头，常常都是睡到日上三竿方才起床，入夜则相偕到附近一家广东馆子偷偷地喝五加皮、吃馄饨。他们过的是波希米亚的生活。但是他的生活并不闲，他忙得不可开交。看下面的未写日期的信：

实秋：

近来忙得不得开交。上星期整个没上课，这星期恐怕又要照办。这样忙法，但是戏仍旧还无头绪。眼看排演日期马上就到了，五幕戏只练了一幕。化装布景虽是画得了，但还没有动手制造。三十余件古装都是要小姐们的玉手亲缝，其奈小姐们的架子大何！Costume plates 本拟请一个姓杨的（在中国英美烟公司画广告的）画，后来他神气起来了，说一笔也不能改。我就比他更神气，要求当局人把他开除了。如今 art department 的事只我一人包揽。办事的棘手，证例还多得多。老余要辞职，昨天刚说好了的。

156

纽约的作业太多，真不能读书。我们自从来此，两次演戏，忙得我头昏脑乱，没有好好地画过一次画。课是整星期的 Cut，我与你们在哈佛的比，真当惭愧无地。

你问我的诗兴画兴如何。画兴不堪问，诗兴，偶有，苦在没有工夫执笔。倒是戏兴很高，同你一样。前天看了 O' neil 的四个短剧果然是不同。前数星期作了一首英文诗，我可以抄给你看看。人非木石，孰能无情！

一多问好

The eye gladdened; touched the heart;

The meeting is done, let us part.

Courtly smiles will harden to grins,

Better end love where love begins.

A lawless shuttle is that of Fate.

Ere grief is woven, change is late,

Let us warp and woof remain

Clean threads from love' s freakish stain.

Let us part! our meeting is through,

Though heart may hunger,

heart may rue.

Your friendship' s smile was undream' d of.

Still less hoped your sighs of love.

Thus in after years if again we meet,

I famishing still, you replete,

Glad and unshameraced I' ll say:

"Once we met but did not stay. "

"Once we met, our paths converged,

All currents of my being surged

Once we met and parted soon."

In after years let my heart croon.

　　这封信有好几点需要解释。所谓古装的戏是《杨贵妃》，纽约中国学生用英文公演的一出戏。由撰写剧本到舞台设计服装制作等等，全都由学生们自己负责办理，所以是一桩大事。一多是学画的，于是有关图画的工作均落到他的头上，尤其是几十套绸质服装要在上面画出黼黻稀绣的图案，更是需要匠心独运，但是结果非常良好，在灯光下竟看不出有彩笔的痕迹。在这一次演剧中一多建了大功，但是也启了荒废学业之渐。赵

太侔是一个整天不说话的奇人，他在纽约从Norman Geddies
学舞台图案，余上沅（信中的老余）是在匹次堡的戏剧艺术学
院学习舞台艺术的，这两个人是这一次演出的主干，再加上艺
术批评家的张禹九和画家闻一多！俨然是一个很坚强的阵容。
演员是哪些人，我已记不得很清楚，主演杨太真的好像是一
位黄小姐（倩仪），饰唐明皇的是黄仁霖。一多的这一首英文
诗，本事已不可考，想来是在演戏中有了什么邂逅，他为人热
情如火，但在男女私情方面总是战战兢兢的，在萌芽时就毅然
掐死它，所以这首诗里有那么多的凄怆。他写的英文诗不多，
这也是少年之作，录在这里以供观赏。

　　纽约的《杨贵妃》演出成功，在哈佛的一些中国学生也见
猎心喜，于是有演出《琵琶记》之议，顾一樵编剧，我翻译为
英文。邀集在波士顿一带的谢文秋、谢冰心、王国秀、徐宗
涑、沈宗濂、高长庚、曾昭抡诸位参加演出，在技术方面不能
不向纽约请求帮助，我们邀请一多和赵太侔、余上沅三位同
来，但是一多临时没有来。看下面的三封信：

实秋：

　　来函质问我的诸事，还是因为健忘的老病，所
以没有回答。归期大概以上沅的归期为转移，至迟
不过六月。栖身之所依然没有把握，这倒是大可忧
虑的事。不过回家是定了的。只要回家，便是像郭

159

郁诸人在上海打流亦可以。君子固贫非病，越穷越浪漫。《南海之神》，还没有十分竣工。如今寄来了，请你着实批评一番，然后再继续撰作后数节。昨晚又草成《七子之歌》也是国家主义的呼声。结构具在，只是音节词上尚欠润色。我现在同学校正式脱离关系了。现在的生活，名义上是游手好闲，实际上是仰屋著书。着手撰写的文章有一篇《新民族的新诗》是从民族主义的观点上论美国新诗运动，又有一篇《印度女诗人——奈陀夫人》。奈陀夫人是印度国家主义的健将，在艺术上成功亦不让泰戈尔……

一樵：

　　舞台用品……布景也许用不着我亲身来波城。只要把剧本同舞台的尺寸寄来，我便可以画出一套图案，注明用什么材料怎样地制造。反正舞台上不宜用平面的绘画，例如一个窗子最好用木头或厚纸制一个能开能阖的窗子，不当在墙上画一个窗子的模样，因为这样会引起错误的幻觉。总之，候我把图案制就了，看他的构造是简单或复杂。如果不能不复杂，一定要我来，我是乐于从命的。再者也请告诉我你们在布景和服饰上能花多少的钱。

　　　　　　　　　　一多问好，星期五早。

实秋：

　　船票尚未买定，太早也，蛰居异域，何殊谪戍？能早归国，实为上策。数月之中，吴宗传死，张杰民、李之常入疯人院，向哲浚入狱为囚，黄卓繁、孟宪民、张福全、孙增庆或卷债潜逃，或假作支票，邱广裸体裹寝衣骑自行车闲游校园——惊人之事岂徒掷巨金为女子祝寿者睡地板哉？《南海之神》谓为脱稿亦可。刊入《大江季刊》不嫌其为……乎？……然取决之权在足下，我固无成见也。

　　来示谓我之诗风近有剧变。然而变之剧者孰过于此：

废旧诗六年矣。复理铅椠，纪以绝句

六载观摩傍九夷，吟成缺舌总猜疑。

唐贤读破三千纸，勒马回缰作旧诗。

释疑

艺国前途正杳茫，新陈代谢费扶将。

城中戴髻高一尺，殿上垂裳有二王。

求福岂堪争弃马？补牢端可救亡羊。

神州不乏他山石，李杜光芒万丈长。

天涯

天涯闭户睹清贫，斗室孤灯万里身。

堪笑连年成底事？穷途舍命作诗人。

实秋饰蔡中郎演《琵琶记》，戏作柬之

一代风流薄幸哉！钟情何处不优俳？

琵琶要作诛心论，骂死他年蔡伯喈！

一多问好

信里面提到的《南海之神》是一首纪念孙中山先生的长诗。一多对于孙中山先生极为敬仰，我们在珂泉时就有一天看见报载孙中山先生逝世的消息，语焉不详，一多大为激动，红头涨脸地反复地说："这个人如何可以死！这个人如何可以死！"他钦佩他怀有救国大志，不屈不挠，而为人清廉。我们发电纽约查询。结果知道原来是误传。一多到了纽约之后，中山先生逝世的消息传来，纽约各界举行盛大追悼会，事前把我的那一幅大国旗借了去，会堂中间悬着中山先生遗像，那遗像便是一多临时赶画的，是一幅炭笔画，他后来送了我一张这幅画的照片，因为这是他的得意之作。《南海之神》这一首诗我给登在《大江季刊》第一期了。

一多信中自承"同学校正式脱离关系"，其实他自到纽约以后就没有建立正常关系。波希米亚的生活是不好受的，所以

他在五月初就偕同太侔、上沅匆匆启程返国了。

实秋：

　　我们定五月四日离纽约，十四号上船。回去计划详情，菊农谅已报告了。你从前讲要国内新诗集子，现在汇齐寄上，察收为荷……

　　此次回国并没有什么差事在那里等着我们，只是跟着一个梦走罢了。我们定规坐三等船，每人省出一百元美金，作为到北京后三个月的粮饷。此行可谓 heroic 矣！

　　《大江季刊》第一期已登拙作是哪几篇？尊处若尚有存稿，即请作第二期用。第二期拟用哪几篇也请示知。因为回去后短不了也要发表一点东西。请告诉我以免重复。若稿件不够，舟中有新作，一定寄来。

　　　　　　　　　　　　一多　四月二十四日

　　这是一多在纽约给我的最后一封信。他念念不忘的是给《大江季刊》写稿。大江会的会员中始终热心于会务者是闻一多。他的作品发表在《大江季刊》上的，我记得有《我是中国人》《长城下之哀歌》《醒呀》《七子之歌》《洗衣曲》《南海之神》等等。他译有拜伦的《希龙的幽囚》《希腊之群岛》两首诗，另有《河图》一诗在写作中，都没有来得及发表，《大江季刊》就停办了。

清华官费五年，满三年回国也可以，在国内最多盘桓两年，否则即作为放弃最后两年官费。一多的性格是不适于长期羁旅的，他是一个喜爱家庭的人。后来有一次他对我说："世上最美妙的音乐享受莫过于在午夜间醒来静听妻室儿女在自己身旁之轻轻的均匀的鼾息声。"当年孤身投在纽约人海之中，他如何受得了！同时他的爱国精神特别强烈，感觉也特别敏锐，在他看来美国的环境是难以忍受的。他在一月十一日写信告诉我："现拟作一个 series of sketches，描写中国人在此邦受气的故事。体裁用自由诗或如 Henley 的'In Hospital'。"他注重搜集的是受气的故事，他自己肚里有多少闷气，可以想见。很多有涵养的人到了美国真正做到宾至如归的境界，一多则异乎是，他在美国如坐针毡，他归心似箭，于是匆匆地踏上归途，结束了他的三年游美的生涯。

七

一九二五年六月，一多回到北京，和余上沅、陈石孚在西城梯子胡同赁屋而居，几个单身人住一个院子，那情况是相当凄凉的。一多住的那间屋子装饰得很特别，徐志摩有一段很生动的描写：

　　我在早三两天才知道闻一多的家是一群新诗人的乐窝，他们常常会面，彼此互相批评作品，讨论学理。上星期六我也去了。一多那三间画室，布置的意味先就怪。他把墙壁涂成一体墨黑，狭狭地给镶上金边，像一个裸体的非洲女子手臂上脚踝上套着细金圈似的情调。有一间屋子朝外壁上挖出一个方形的神龛，供着的，不消说，当然是米鲁薇纳丝一类的雕像。他的那个也够尺外高，石色黄澄澄的像蒸熟的糯米，衬着一体黑的背景，别饶一种潴远的梦趣，看了叫人想起一片倦阳中的荒芜的草原，有几条牛尾几个羊头在草丛中转动。这是他的客室。那边一间是他做工的屋子，犄角上支着画架，壁上挂着几幅油色不曾干的画。屋子极小，但你在屋里觉不出你的身子大；带金圈的黑公主有些杀伐气，但她不至于吓瘪你的灵性；裸体的女神（她屈着一只腿挽着往下沉的亵衣）免不了几分引诱性，但她绝不容许你逾分地妄想。白天有太阳进来，黑壁上也沾着光；晚上黑影进来，屋子里仿佛有梅斐士滔佛利士的踪迹；夜间黑影与灯光交斗，幻出种种不成形的怪相。

　　这是一多手造的"阿房"，确是一个别有气象的所在，不比我们单知道买花洋纸糊墙，买花席子铺地，买洋式木器填屋子的乡蠢。有意识地安排，不论是一间屋或一身衣服，一瓶花，就有一种激发想象的暗示，就有一种特具的引力。难怪一多家里天天有那些诗人去团聚，我羡慕他！（一九二六年四月一日北京《晨报副刊》第一期"诗刊弁言"）

因为觅得枝栖，生活粗定，约半年后他便把家眷接来北京，迁居于西京畿道。

一多的职务是国立艺术专门学校教务长，这是由于徐志摩的推举，当时的艺专校长是刘百昭。刘是章士钊的部下，初接校篆，急需一批新人帮忙，所以经志摩介绍一拍即合。戏剧系主任本拟聘余上沅，后又因为安置赵太侔，上沅改任教授。他们加入艺专也是不得已，初回国门，难为择木之鸟。一多是最不适于做行政工作的人，我不知道为什么他会膺选。

一多没有忘记"大江"赋给他的任务，一九二六年一月二十三日有一长信给我，他说：

> "大江"命做的事，我虽自揣能力不够，但仍是不敢辞让。我只望在美同人多帮一点忙，不要使我一人陷于呼吁无门的境地，那便是《大江季刊》的幸事。
>
> 我辈国家主义者际此责任尤其重大，进行益加

困难……我不但希望你赶快回来，并且希望多数同志赶快回来。我辈已与醒狮诸团体携手组织了一个北京国家主义团体联合会，声势一天浩大一天。若没有大批生力军回来做实际的活动，恐怕要使民众失望。醒狮社的人如李璜乃一书生，只能鼓吹主义，恐怕国家主义的实践还待"大江"。此点李璜等亦颇承认。故努生在京时，彼等极为敬视。在努生未归之先，我希望浩若要快回来。我包管他回来了有极有兴味的事可做。

我近来懊丧极了。当教务长不是我的事业，现在骑虎难下真叫我为难。现在为校长问题校内不免有风潮。刘百昭一派私人主张挽留他，我与太侔及萧友梅等主张欢迎蔡孑民先生，学校教职员分为两派。如果蔡来可成事实，我认为他是可以合作的，此外无论何人来我定要引退的。今天报载我要当校长，这更是笑话。"富贵于我如浮云！"我只好这样叹一声。

我现在不与上沅、石孚同居了。现在的住址是西京畿道三十四号。内子与小女都在这里。家庭生活差强人意。时相过从的朋友以"四子"为最密，次之则邓以蛰、赵太侔、杨振声等。国家主义的同志中有一般人也常到我家里开会。新月社每两周聚餐一次，志摩也常看见。你与菊农的信论志摩的诗不知怎地转到志摩手上来，又从志摩手上转到我这里来了。

回国后仅仅作了两首诗，到艺专来后文艺整个放在脑袋后边去了，长此以往，奈何！奈何！……

切望同志快回来共同奋斗吧！

一多的热心可佩，可是他的看法却错了，"大江"同人一两年之内都陆续回来了，但是每个人各有各的事业，各有各的出路，同时国内政局丕变，所谓"国家主义派"已在被打倒之列，而且"党外无党党内无派"之说甚嚣尘上，"大江"国家主义如何能不如昙花之一现？这昙花一现的盛况可于一多给我的另一函中见之：

《大江季刊》在京行销甚畅。拙作亦竟有人转载，按语谓远胜《红烛》时代之闻一多。……《大江宣言》发表后亦大有影响。友人亲见北大校役抄写，问之则曰："好极！好极！"又有人粘贴壁间奉为圭臬者。民国大学学生课艺中竟有全段剽袭者。凡此消息幸望遍告同志，俾得闻之额手相庆。前者国家主义团体联合会发起反××进兵东省大会，开会时有其他人加入，提议案件竟一无成立者。结果国家主义者与共产主义者隔案相骂，如两军之对垒然。骂至夜深，遂椅凳交加，短兵相接。有女同志者排众高呼，出言不逊，有如大汉之叱咤一声而万众皆喑。于是兵荒马乱之际，一椅飞来，运斤成风，仅斫鼻端而已。女士尝于五卅游行时，揭竿冲锋，直捣东交民巷，故京中传为 Chinese Jean d' Arc 焉。此亦趣闻，不能不与同志言浮一大白也。

一多对于国家主义者与共产主义者的冲突与斗争，虽非积极领导的分子，但是确曾躬与其役。他虽说李璜是一书生，实则对他颇为敬重，曾对我说起李璜，誉为光风霁月国士无双。

一多在北京"九月之久仅成诗两首"，有"江郎将从此搁笔乎"之叹，但是他提倡新诗的热忱并未稍减。徐志摩主编《晨报副刊》（那刊头图案即是一多的手笔），每周出《诗刊》一次，是由一多编辑的。他有信给我：

《诗刊》谅已见到。北京之为诗者多矣，而余独有取于此数子者，皆以其注意形式，渐纳于艺术之轨。余之所谓形式者，form 也，而形式之最要部分为音节。《诗刊》同人之音节已渐上轨道，实独异于凡子，此不可讳言者也。余预料《诗刊》之刊行已为新诗辟一第二纪元，其重要当与《新青年》《新潮》并视。实秋得毋谓我夸乎？

他所标榜的"形式"，确是新诗进展的一大步，但是也因此而赢得"豆腐干体"的讥嘲。新诗不可以长久留在"自由诗"的阶段，必须注重音节，而音节须要在整齐中有变化，在变化中有整齐。中国字为单音，在音节方面宜于旧诗，如今以语体写诗便不能以一个字为一单位，只好以两三个字为一组，一行中有几个重音。《诗刊》就是朝着这个方向走的一个尝试。一多的《死水》远胜他的《红烛》，就因为《死水》一集的诗都有谨严的格律。下面两首诗都是这一时期的作品，有整齐的格调，读来亦朗朗上口。

春光

静得像入定了的一般，那天竹，

那天竹上密叶遮不住的珊瑚；

那碧桃；在朝暾里运气的麻雀。

春光从一张张的绿叶上爬过。

蓦地一道阳光晃过我的眼前，

我眼睛里飞出了万支的金箭。

我耳边又谣传着翅膀的摩声，仿佛有一群天使

在空中巡逻……

忽地深巷里迸出了一声清籁：

"可怜可怜我这瞎子，老爷太太！"

……

这两首诗很有意味，都有一点哈代的那种戏剧化的悲观的讽刺的意思，而且形式也很考究。可惜的是对于新诗太早地洗手不干了。

一多常来往的所谓"四子"，是朱湘（子沅）、饶子离、杨世恩（子惠）和刘梦苇。刘梦苇的别号也是一个"子"字起头，我忘记是子什么了。四个人都比一多小几岁，一多以老大哥的姿态和他们一起作诗、谈诗。四子是《诗刊》的基本作家。刘梦苇、杨世恩早死，没能有大成就。饶子离才气很高，后来在四川入山学道，不知所终。朱湘是一位怪僻的诗人，一多和朱湘来往不久即交恶，一多四月二十七日函谓：

朱湘目下和我们大翻脸，说瞧志摩那张尖嘴，就不像是作诗的人，说闻一多嫉妒他，作了七千言的大文章痛击我，声言偏要打倒饶杨等人的上帝。这位先生的确有神经病，我们都视为同疯狗一般，就算他是 Spenser（因为 Shakespeare 是他不屑于做的，他所服膺的是斯宾塞）社会上也不应容留他。他的诗，在他未和我宣战的时候，我就讲了，在本质上是 sweet sentimentality，在技术上是 dull acrobatics 充其量也不过做到 Tennyson 甚至 Longfellow 一流的 kitchen poet，因为这类的作品只有 housewives 才能鉴赏。这个人只有猖狂的兽性，没有热烈的感情。至于他的为人，一言难尽！

朱湘后来终于在由安庆到上海航行途中坠江而死，大概是自杀的。

我在七月里回到北平的时候，一多已经忍不住北平八校欠薪以及艺专风潮迭起的压迫而携眷返里了。

<h2 style="text-align:center">八</h2>

一九二六年暑假一多携眷回到湖北浠水老家，到了秋后只身来到了上海，下榻潘光旦家里。由于潘光旦、张禹九、瞿菊农几位朋友的关系，进入了吴淞国立政治大学服务。这一所大学是张君劢先生创办的，据君劢先生在《张东荪先生八十寿序》（见《征信新闻》）里说：

> 杜氏（杜里舒）离华，余以韩紫石之托，创政治大学于上海，乃立延东荪主哲学讲席，其兄孟劬与孙德谦并私淑章实斋，则分主子史讲席，自余海

外留学归来，潘光旦、吴经熊、闻一多、金井羊、
陈伯庄、瞿菊农、吴国桢、陈石甫（孚）诸君，亦
各就所学讲授。一时称为得人，校誉鹊起。

事实上一多在政治大学并未"就所学讲授"，他担任的是
训导长的职务。训导长是一个繁重的位置，在学校里是很重要
的，但是无论从哪一方面看，一多不像是一个最适当的人选。
那时候北平的国立八校经年欠薪，学潮常年起伏，教育界人士
都襥被出都，彷徨无主，很多人都聚集到上海来。一多是这流
亡群中的一个，所以训导长的职务他也担任了。政治大学地点
很好，好像是与同济大学毗邻，我初返国门的第二天，张幼仪
即曾顺便驱车陪我去参观过一次，校属初创，当然谈不上规
模，不过气象倒是满好的。一多在吴淞不久，长女立瑛病重，
遂遄返湖北。立瑛是一九二二年十二月生，此时未满五岁，不
幸夭折。一多有诗一首哀悼她。

忘掉她

忘掉她，像一朵忘掉的花，——

那朝霞在花瓣上，

那花心的一缕香；

忘掉她，像一朵忘掉的花！

忘掉她，像一朵忘掉的花！

像春风里一场梦，

像梦里的一声钟；

忘掉她，像一朵忘掉的花！

忘掉她，像一朵忘掉的花！

听蟋蟀唱得多好，

看墓草长得多高；

忘掉她，像一朵忘掉的花！

忘掉她，像一朵忘掉的花！

她已经忘记了你，

她什么都记不起；

忘掉她，像一朵忘掉的花！

忘掉她，像一朵忘掉的花！

年华那朋友真好，

他明天就教你老；

忘掉她，像一朵忘掉的花！

忘掉她，像一朵忘掉的花！

如果是有人要问，

就说没有那个人；

忘掉她，像一朵忘掉的花！

忘掉她，像一朵忘掉的花！

像春风里一场梦，

像梦里的一声钟；

忘掉她，像一朵忘掉的花！

反复重叠，固然是歌谣体的能事，沉恸的至情流露也是自然的不得不尔。

大约在一九二七年二三月间，一多到了武汉，在武汉政府的总政治部工作了一个很短的时间。据章伯钧的回忆说：

在一九二七年中国大革命时代，闻先生曾因朋友的介绍……应邓演达先生之邀约，参加总政治部工作，约在是年二三月间，闻先生到部任艺术股股长，并亲自绘制反军阀的壁画一大幅。后来因为闻先生颇不惯于军中政治生活，受任一月即行告退。

总政治部艺术股股长这一段经验，一多以后没有和我谈起过，想来这一段经验不是怎样愉快的。他离开武汉又回到吴淞的政治大学，但是不久北伐军抵沪，这个学校被封闭了。一多再度赋闲，在光旦家里闲居无事，开始刻图章。他也给我刻了一个闲章，文曰："谈言微中。"初试铁笔，亦复不俗。他又和光旦偕游杭州，六桥三竺留下了他的屐痕。这时期一多百无聊赖，虽然新月书店此时正在创办，一多并未积极参与其事，余上沅、张禹九、潘光旦、饶子离、刘英士、罗努生和我都在上海，但是一多总是栖栖惶惶不可终日。暑中经友人介绍，到南京土地局任职，所任究系何职，他从来没对我讲起过，无论如何那总是人地不宜的一个职务。所幸他供职的期间很短，暑假后国立第四中山大学开学，聘一多为外文系教授兼主任。所谓"第四中山大学"的前身即是国立东南大学，后来又改称为中央大学。至此一多才有了一个比较稳定的栖身之处，卜居在学校附近的单牌楼，把家眷也接到了南京。

《新月》杂志于一九二八年三月十日首刊，编辑人列徐志摩、饶子离、闻一多三个人。事实上饶子离任上海市政府秘书，整天地忙，一多在南京，负责主编的只是志摩一个人。一多负着编辑人之一的名义，给《新月》写了一些稿，也为《新月》拉了一些稿，例如费鉴照、陈楚淮几个年轻人的稿子都是他介绍来的，这编辑人的名义一直到二卷二期（一九二九年四月）才解除。在这一年当中，一多在《新月》上发表了不少译诗，例如：《白朗宁夫人的情诗》（十一至二十一首），哈代的《幽舍的麋鹿》，郝斯曼的《情愿》《从十二方的风穴里》，在论文方面有《先拉飞主义》《杜甫》等。从他这写作的情形看，除了最后一篇《杜甫》之外，他的兴趣还是在英国近代诗方面。一多对于英诗，尤其是近代的，有深刻的认识，但是对于整个的英国文学背景并没有足够的了解。我想他在南京中央大学的一年，虽然英美诗戏剧散文无所不教，他内心未曾不感觉到"教然后知不足"的滋味。他内心在彷徨。所以秋后王雪艇先生约他担任国立武汉大学文学院长兼中文系主任，他便毅然离开南京，搬到武昌附近的珞珈山去了。

一多到了武汉，开始专攻中国文学，这是他一生中的一大转变。《少陵先生年谱会笺》的第一部分发表在武大《文哲季刊》第一卷第一期（一九三○年四月出版）。在一九二八年八月出版的《新月》第六期里一多已发表了一篇《杜甫》的未完稿，可见他在临去南京之前已经开始了杜甫研究，到了武汉之后继续攻读杜诗，但是改变了计划，不再续写泛论杜甫的文章，而做起考证杜甫年谱的工作。这一改变，关系颇大。一多是在开始甩去文学家的那种自由欣赏自由创作的态度，而改取从事考证校订的那种谨严深入的学究精神。作为一个大学的中文教授，也是非如此转变不可的，何况他本来就有在故事堆里钻研的癖好？

不知为什么，就在《少陵先生年谱会笺》开始发表的时候，武汉大学发生了风潮，一多成为被攻击的对象。据《闻一多年谱》，"先生就贴了一张布告，说对于自己的职位，如'鸱鸺之视腐鼠'，并声明解职离校。后来学校挽留，到底没有留住。"一多辞职之后，又飘然只身来到了上海。

九

一多到了上海遇到杨金甫（振声），金甫是国立青岛大学筹备委员之一，筹备委员会的主任是蔡子民先生，但是实际负筹备之责的是金甫，且已内定他为校长，所以他来上海物色教员。他要一多去主持国文系，要我去主持外文系，我们当时唯唯否否，不敢决定。金甫力言青岛胜地，景物宜人。我久已厌恶沪上尘嚣，闻之心动，于是我与一多约，我正要回北平省亲，相偕顺路到青岛一觇究竟，再作定夺。于是我携眷乘船北上，一多偕行。

船到青岛，我们住在中国旅行社招待所，信步街道，整洁宽敞，尚有若干市招全是日本气味。我们到了一家吴服店，各自选购一件和服，宽袍大袖，饶有古意，一多还买了一件浑身花蝴蝶的，归遗细君。我们雇了两部马车，观光全市，看了海滨公园、汇泉浴场、炮台湾、湛山、第一公园、总督府，到处都是红瓦的楼房点缀在葱茏的绿树中间，而且三面临海，形势天成。我们不禁感叹，我们中国的大好河山真是令人赏玩不尽，德国人在此地的建设也实在是坚实可观，中间虽然经过日本的窃据，规模犹存，以后我们纵然要糟蹋，怕一时也糟蹋不完，这一行给我们印象最深的是那两个车夫，山东大汉，彬彬有礼，一多来自武汉，武汉的脚行车夫之类的那股气焰他是深知的，我在上海住了三年，上海的脚行车夫之类的那个风度我也是领教够了的，如今来到孔孟之邦，居然市井斗筲之民也能知礼，令人惊异。举一个例：车在坡头行走，山上居民接水的橡皮管横亘路上，四顾无人，马车轧过去是没有问题的，但是车夫停车，下车，把水管高高举起，把马车赶过去，再把水管放下来，一路上如是折腾者有三数次，车夫不以为烦。若在别的都市里，恐怕一声吆喝，马车直冲过去，说不定还要饶上一声："猪猡！"

青岛的天气冬暖夏凉，风光旖旎，而人情尤为淳厚，我们立刻就认定这地方在天时、地利、人和三方面都够标准宜于定居。所以我们访问金甫之后，就一言而决，决定在青岛大学任教。我回北平家中小憩，一多返武汉接眷，秋后我们便在青岛开始授课。

青岛大学是新创立的学校，校址是万年山麓，从前德国的万年兵营，有五六座楼房（其中一座为市政府保安队占用），房屋构造坚固，勉强可以用作教室宿舍。我们初到青岛的时候，蔡子民先生还携眷住在女生宿舍那座小楼里。学校大门上的木牌是蔡先生的题字，清癯一如其人。学校是国立的，但是经费是山东省政府拨付的，所以一开始学校的基础就不大稳固。杨金甫是北大出身，当时在教育部里他的熟人不少，同时他是山东人，和教育厅里的人也有关系，所以他做校长是适当的，并且他的性情温和，冲默有量，所以双方肆应，起初尚能相安。和金甫一同来的还有赵太侔"寡言笑"的人，也是一多的老朋友，他曾到上海看我，进门一言不发，只是低头吸烟，我也耐着性子不发一言，两人几乎抽完一包烟，他才起身而去，饶有六朝人风度。一多除了国文系主任之外还担任文学院院长。在中国文学系里，一多罗致了不少人才，如方令孺、游国恩、丁山、姜叔明、张煦、谭戒甫等。

一多最初赁屋于大学路，即学校的斜对门，楼下一层，光线很暗，旋即迁到汇泉，离浴场不远的一栋小房，出门即是沙滩，涨潮时海水距门口不及二丈，据一多说夜间听潮一进一退的声音，有时不能入寐，心潮起伏，不禁忆起英国诗人安诺德的那首《多汶海滩》。他到学校去要经过我的门口，我住在鱼山路，时常呼我同行赴校。青岛多山路，所以我们出门都携手杖一根，这是别处所不需要的，一多很欣赏策杖而行的那种悠然的态度，所以他备了好几根手杖。一多在私生活方面是个懒人，对于到市内购买什物是视若畏途的，例如我们当时都喜欢穿千层底的布鞋，一多怕去买鞋，时常逼到鞋穿破了之后，先试穿他的厨师的鞋子，然后派遣他的厨师代他去买鞋！

汇泉的房子是很可羡慕的。可惜距校太远，同时也太偏僻，到了冬天海风呼啸时分外凄凉。一多住了不到一年，便趁暑假的时候送眷回到湖北，离别了那海边小屋。他为什么要把妻室孩儿送还家乡，独自留在青岛，我不知道，事实上他的家庭生活的情形，我也所知甚少。他住在汇泉的时候，请过我去吃过一次饭，我如今还记得的是他的厨师所做的烤苹果非常可口。孩子一大堆，流鼻涕的比不流鼻涕的为数较多。

一九三〇年一多送眷回乡，返校后就住学校宿舍，好像是第八校舍，是孤零零的一座楼在学校的东北方，面对着一座小小的坟山。夏夜草长，有鬼火出没。楼上有一个套房，内外两间，由一多住，楼下的套房由黄际遇（任初）住。这位黄先生比我们年长十几岁，是数学家，潮州人，喜欢写字，下象棋，研究小学，为人很豪爽，由河南教育厅长卸任下来在青大任理学院长，也是和我们还可以谈得来的一个人。一多在这宿舍过了孤独的一年，饮食起居，都不方便，但是这一年间他没有家累，得以全副精力从事于中国文学的研究。一多在武汉时既已对杜诗下了一番功夫，到青岛以后便开始扩大研究的计划，他说要理解杜诗需要理解整个的唐诗，要理解唐诗需先了然于唐代诗人的生平，于是他开始草写唐代诗人列传，积稿不少，但未完成。他的主旨是想借对于作者群之生活状态去揣摩作品的含义。基于同样的想法，他开始研究《诗经》。有一天他到图书馆找我，我当时兼任图书馆长，他和我商量研究《诗经》的方法，并且索阅莎士比亚的版本以为参考，我就把刚买到的佛奈斯新集注本二十册给他看，他浩然长叹，认为我们中国文学虽然内容丰美，但是研究的方法实在是落后了。他决心要把《诗经》这一部最古的文学作品彻底整理一下，他从此埋头苦干，真到了忘寝废食的地步，我有时到他宿舍去看他，他的书房中参考图书不能用"琳琅满目"四字来形容，也不能说是"獭祭鱼"，因为那凌乱的情形使人有如入废墟之感。他屋里最好的一把椅子，是一把老树根雕刻成的太师椅，我去了之后，他要把这椅上的书搬开，我才能有一个位子。他的研究的初步成绩便是后来发表的《匡斋尺牍》。在《诗经》研究上，这是一个划时代的作品，他用现代的科学的方法解释《诗经》。他自己从来没有夸述过他对《诗经》研究的贡献，但是作品俱在，其价值是大家公认的。清儒解诗，王引之的贡献很大，他是得力于他的音韵训诂的知识之渊博。但是一多则更进一步，于音韵训诂之外再运用西洋近代社会科学的方法。例如《匡斋尺牍》所解释的《芣苢》和《狼跋》两首，确有新的发明，指示出一个崭新的研究方向。有人不满于他的大量使用弗洛伊德的分析方法，以为他过于重视性的象征，平心而论，他相当重视弗洛伊德的学说，但并未使用这一个学说来解释所有的诗篇。

《死水》于一九二八年一月出版以后，一多对于新诗的创作即不热心，他的兴趣已转到中国文学的研究，由诗人一变而为学者，但是大家对他的属望仍殷，看徐志摩于一九二九年十一月底从上海写给我的信：

一多非得帮忙近年新诗多公影响最著且尽有佳

者多公不当过于韬晦《诗刊》始业焉可无多即四行
一首亦在必得乞为转白多诗不到刊即不发多公奈何
以一人而失众望兄在左右并希持鞭以策之况本非驽
特懒惫耳稍一振躐行见长空万里也

这是志摩为《诗刊》催稿的信中的一段，结果是一多写出
了一首《奇迹》。志摩误会了，以为这首诗是他挤出来的，他
写信给我说："一多竟然也出了'奇迹'，这一半是我的神通
所致，因为我自发心要印《诗刊》以来，常常自己想一多尤其
非得挤他点儿出来，近来睡梦中常常攥紧拳头，大概是在帮着
挤多公的奇迹！"实际是一多在这个时候在情感上吹起了一点
涟漪，情形并不太严重，因为在情感刚刚生出一个蓓蕾的时候
就把它掐死了，但是在内心里当然是有一番折腾，写出诗来仍
然是那样的回肠荡气。这不仅是他三年来的唯一的诗作，也可
说是他最后的一篇，照录如下：

奇迹

我要的本不是火齐的红，或半夜里

桃花潭水的黑，也不是琵琶的幽怨，

蔷薇的香，我不曾真心爱过文豹的矜严，

我要的婉娈也不是任何白鸽所有的。我要的本

不是这些，而是这些的结晶，

比这一切更神奇得万倍的一个奇迹！

可是，这灵魂是真饿得慌，我又不能

让他缺着供养，那么，即便是糟糠，

你也得募化不是？天知道，我不是

甘心如此，我并非倔强，亦不是愚蠢，

我是等你不及，等不及奇迹的来临！

我不敢让灵魂缺着供养，谁不知道

一树蝉鸣，一壶浊酒，算得了什么？

纵提到烟峦，曙壑，或更璀璨的星空，

也只是平凡，最无所谓的平凡，犯得着

惊喜得没主意，喊着最动人的名儿，

恨不得黄金铸字，给装在一支歌里？

我也说但为一阕莺歌便噙不住眼泪

那未免太支离，太玄了，简直不值当。

谁晓得，我可不能不那样：这心是真

饿得慌，我不能不节省点，把藜藿

权当作膏粱。

可也不妨明说，只要你——

只要奇迹露一面，我马上就抛弃平凡。

我再不瞅着一张霜叶梦想春花的艳，

再不浪费这灵魂的誊力，剥开顽石

来诛求白玉的温润，给我一个奇迹，

我也不再去鞭挞着"丑"，逼他要

那分背面的意义；实在我早厌恶了

这些勾当，这附会也委实是太费解了。

我只要一个明白的字，舍利子似的闪着

宝光，我要的是整个的，正面的美。

我并非倔强，亦不是愚蠢，我不会看见

团扇，悟不出扇后那天仙似的人面。

那么我便等着，不管等到多少轮回以后——

既然当初许下心愿，也不知道是在多少

轮回以前——我等，我不抱怨，只静候着

一个奇迹的来临。总不能没有那一天

让雷来劈我，火山来烧，全地狱翻起来

扑我，……害怕吗？你放心，反正罡风

吹不熄灵魂的灯，愿这蜕壳化成灰烬，

不碍事，因为那，那便是我的一刹那

一刹那的永恒——一阵异香，最神秘的

肃静（日，月，一切星球的旋律早被

喝住，时间也止步了），最浑圆的和平……

我听见阊阖的户枢砉然一响，

传来一片衣裙的窣綮——那便是奇迹

——半启的金扉中，一个戴着圆光的你！

在青岛大学有一次他在礼堂朗诵他的新诗。他捧着那一本《死水》，选了六七首诗，我记得其中有两首最受欢迎，《罪过》与《天安门》。他先说明诗的写作经过，随后以他那不十分纯熟的国语用沉着的低音诵读。诗人朗诵自己的诗都是出之以流畅自然，不应该张牙舞爪地喊得力竭声嘶。一多的诵诗是很好的一次示范。他试想以几个字组成为一音步，每一行含着固定数目的音步，希望能建立一种有规律的诗的节奏与形式。例如这两首受欢迎的诗：

罪过

老头儿和担子摔一跤，

满地是白杏儿红樱桃。

老头儿爬起直哆嗦，

"我知道我今日的罪过！"

"手破了，老头儿你瞧瞧。"

"唉！都给压碎了，好樱桃！"

"老头儿你别是病了吧？

你怎么直愣着不说话？"

"我知道我今日的罪过，

一早起我儿子直催我。

我儿子躺在床上发狠，

他骂我怎么还不出城。"

"我知道今日个不早了，
没想到一下子睡着了。
这叫我怎么办，怎么办？
回头一家人怎么吃饭？"
老头儿拾起来了又掉了，
满地是白杏儿红樱桃。

天安门

好家伙！今天可吓坏了我！
两条腿到这会儿还哆嗦。
瞧着，瞧着，都要追上来了，
要不，我为什么要那么跑？
先生，让我喘口气，那东西，
你没有瞧见那黑漆漆的，
没脑袋的，瘸腿的，多可怕，
还摇晃着白旗儿说着话……
这年头真没法办，你问谁？
真是人都办不了，别说鬼。
还开会啦，还不老实点儿！
你瞧，都是谁家的小孩儿，

不才十来岁儿吗？干吗的？

脑袋瓜上不是使枪扎的？

先生，听说昨日又死了人，

管保死的又是傻学生们。

这年头儿也真有那怪事，

那学生们有的喝，有的吃，——

咱二叔头年死在杨柳青，

那是饿得没法儿去当兵，——

谁拿老命白白地送阎王！

咱一辈子没撒过谎，我想

刚灌上俩子儿油，一整勺，

怎么走着走着瞧不见道。

怨不得小秃子吓掉了魂，

劝人黑夜里别走天安门。

得！就算咱拉车的活倒霉，

赶明日北京满城都是鬼！

  两首诗都是以北平土话写成的，至少是一多所能吸收的北平土话，读起来颇有抑扬顿挫之致，而且诗又是写实的，都是出之于穷苦人的口吻，非常亲切。我记得平素不能欣赏白话诗的朋友，那天听了他的诗歌朗诵都一致表示极感兴味。

  一多从来没有忽略发掘新诗的年轻作者。在青大的国文系里他最欣赏臧克家，他写的诗是相当老练的。还有他的从前的学生陈梦家也是他所器重的。陈梦家是很有才气而不修边幅的一个青年诗人，一多约他到国文系做助教，两个人颇为相得。有一天他们踱到第一公园去看樱花，走累了到一个偏僻的地方去休息，陈梦家无意中正好坐在路旁一个"招募新兵"的旗子底下，他蓬头垢面，敞着胸怀。这时节就有一个不相识的老者走了过来缓缓地说："年轻人，你什么事不可干，要来干这个！"一多讲起这个故事的时候，他认为陈梦家是过于名士派了。有一次一多写一短简给他，称之为"梦家吾弟"，梦家回称他为"一多吾兄"，一多大怒，把他大训了一顿，在这种礼节方面，一多是不肯稍予假借的。

青岛虽然是一个摩登都市，究竟是个海陬小邑，这里没有南京的夫子庙，更没有北平的琉璃厂，一多形容之为"没有文化"。有一书贾来兜售旧书，颇多善本，宋刊监本麻沙无不具备，自言出于长沙王氏，一多问他莫非是"复壁藏书"以身殉书之王某，彼连声称诺，一多大喜，相与盘桓数日。后来听人说起，其中多是赝品。一多闻之嗒然。

此地虽无文化，无妨饮食征逐。杨金甫、赵太侔、陈季超、刘康甫、邓仲存、方令孺，加上一多和我，戏称"酒中八仙"，三日一小饮，五日一大宴，不是顺兴楼，就是厚德福，三十斤一坛的花雕搬到席前，罄之而后已，薄暮入席，深夜始散。金甫季超最善拇战，我们曾自谓"酒压胶济一带，拳打南北二京"。有一次胡适之先生路过青岛，看到我们的豁拳豪饮，吓得把刻有"戒酒"二字的戒指戴上，要求免战。一多笑呵呵地说："不要忘记，山东本是义和团的发祥地之一！"

青岛附近的名胜只有崂山，可是崂山好像没有什么古迹，尽管群峰削仞乱石穿空，却没有什么古人留下的流风遗韵的痕迹。我和一多、金甫、太侔曾数度往游，在靛缸湾的瀑布前面流连忘返，一多说风景虽美，不能令人发思古之幽情，可见他浪迹于山水之间尚不能忘情于人事。我指点山上的岩石，像斧劈一般，卓荦崚嶒，我说那就是千千万万年前大自然亲手创造的作品，还算不得是"古迹"吗？一多不以为然。后来我们到济南参加山东省留学生考试委员会，事毕游大明湖，一多在历下亭看到"海右此亭古，济南名士多"一联，依稀想见杜少陵、李北海的游踪，这才欣然色喜，虽然其实济南风景当推佛峪为较胜。

一多在青岛住了两年，在学潮爆发之后不愉快地离去。一九三一年九月十八日日本军队占领沈阳，公开侵略，国民党军队节节后退，全国愤怒，学界当然更为激昂。我们这一代人在五四时代都多多少少参加过爱国运动，年轻人的想法我们当然是明了的，但是当前的形势和五四时代不同，所以平津学生纷纷罢课结队南下赴京请愿，我们就期期以为不可。这一浪潮终于蔓延到了青岛，学生们强占火车，强迫开往南京，政府当局无法制止，造成乱糟糟的局势。北方学生一批一批涌向南京，在南京也造成了纷乱的气氛，我们冷静观察认为是不必要的，但是我们无法说服学生不这样做。学生团体中显然有人在组织，同时学校里新添了几个学系，其中教员也颇有几位人物在支持。在校务会议中，我们决议开除为首的学生若干名，一多慷慨陈词，认为这是"挥泪斩马谡"，不得不尔。因此而风潮益形扩大，演变成为反对校长，终于金甫去职。在整个风潮里，一多也是最受攻击的对象之一。有一个学生日后回忆说："记得当时偶尔走经青岛大学旁的山石边时，便看见过一条刺目的标语：驱逐不学无术的闻一多！""不学无术"四个字可以加在一多身上，真是不可思议。我和一多从冷静的教室前面走过，无意中看见黑板上有新诗一首：

　　闻一多，闻一多，

　　你一个月拿四百多，

　　一堂课五十分钟，

　　禁得住你呵几呵？

　　这是讥一多平素上课说话时之喜欢夹杂"呵呵……"的声音，一多看了也只好苦笑。思想前进的青年们尚不止此，在黑板上还画了一个乌龟一个兔子，旁边写着"闻一多与梁实秋"，一多很严肃地问我："哪一个是我？"我告诉他："任你选择。"

　　闲居无聊，一多偕陈梦家游泰山，观石刻，因雨留宿灵岩寺二日。

暑后，他就离开青岛，赴北平任教于清华大学。

十

一多来到清华，任教于中国文学系，当时系主任是朱自清，在五年之间他教过的课程如下：

（一）大一国文，王维及其同派诗人，杜甫，先秦汉魏六朝诗。

（二）大一国文，《诗经》《楚辞》、杜诗。

（三）《诗经》《楚辞》、唐诗、乐府研究。

（四）《诗经》《楚辞》、唐诗。

（五）中国古代神话研究，《诗经》、唐诗、《楚辞》、乐府研究。

从这个课目单可以窥见他的研究的范围。他不是"温故而知新"的教书匠，他是随时随刻地汲取新知。真正做到教学相长的地步。《岑嘉州系年考证》《天问释天》《高唐神女传说之分析》《诗新台鸿字说》《离骚解诂》《诗经新义》等文陆续发表在《清华学报》。

一多住在清华园的新南院，和潘光旦作比邻，环境甚为清静，宜于家居读书。这五年是他一生中最安定的一段。冯夷先生有一段文字记一多之讲授《楚辞》：

记得是初夏的黄昏……七点钟，电灯已经亮了，闻先生高梳着他那浓厚的黑发，架着银边的眼镜，穿着黑色的长衫，抱着他那数年来钻研所得的大叠大叠的手抄稿本，像一位道士样的昂然走进教室里来。当学生们乱七八糟地起立致敬又复坐下之后，他也坐下了；但并不即刻开讲，却慢条斯理地掏出他的纸烟盒，打开来，对着学生们露出他那洁白的牙齿做蔼然地一笑，问道："哪位吸？"学生们笑了，自然并没有谁接受这gentleman风味的礼让。于是闻先生自己擦火柴吸了一支，使一阵烟雾在电灯下更浇重了他道士般神秘的面容。于是，像念"坐场诗"一样，他搭着极其迂缓的腔调，念道："痛——饮——酒——熟——读——《离——骚》——方得为真——名——士！"这样地，他便开讲起来。显然，他像中国的许多旧名士一样，在夜间比在上午讲得精彩，这也就是他为什么不惮烦向注册课交涉把上午的课移到黄昏以后的理由。有时，讲到兴致盎然时，他会把时间延长下去，直到"月出皎兮"的时候，这才在"凉露霏霏沾衣"中回到他的新南院住宅。

黄昏上课，上课吸烟，这是一多的名士习气。我只是不知道他这时候是不是还吸的是红锡包，大概是改了大前门了。

一九三五年秋一多游云冈石窟寺，看石刻大佛，此游是由顾一樵安排，平绥路局长沈昌拨专车一列，同游者一樵、庄前鼎、蔡方荫、杨宗翰、余上沅夫妇、吴景超夫妇和我。

一九三六年夏，一多到河南南阳看发掘甲骨情形。他对甲骨文已发生浓厚兴趣，写了好几篇契文疏证。他的学生陈梦家已由诗人一变而为甲骨文研究者，而且颇有发明，在燕京大学执教，一多甚为激赏，曾屡次对我说一个有天分的人而肯用功者陈梦家要算是一个成功的例子。我想他们师生二人彼此之间相互影响必定甚大。

我是一九三四年夏离开青岛到北京大学来教书的。清华远在郊外，彼此都忙，所以见面次数不多。这时候日本侵略华北日急，局势阽危，在北平的人士没有不怒然心伤的，罗努生主编《北平晨报》，我有时亦为撰写社论。一多此际则潜心典籍，绝不旁骛，对于当时政局不稍措意，而且对于实际政治深为厌恶。有一天我和罗努生到清华园看潘光旦，顺便当然也到隔壁看看一多，他对努生不表同情，正颜厉色地对他这位老同学说："历来干禄之阶不外二途，一曰正取，一曰逆取。胁肩谄笑，阿世取容，卖身投靠，扶摇直上者谓之正取；危言耸听，哗众取宠，比周谩侮，希图幸进者谓之逆取。足下盖逆取者也。"当时情绪很不愉快。我提起这一件事，是为说明在抗战前夕一多是如何自命清流，如何的与世无争。

但是，一九三七年七月七日卢沟桥的炮声一响，华北整个变色！董仲舒可以"下帷讲授，三年不窥园"，闻一多却无法在敌人炮火声中再"痛饮酒，熟读离骚"，和从前一样继续做真名士了。七月十九日离平南下，先回到湖北家中，随后在十月就赶到长沙去参加国立长沙临时大学。

十一

一多在长沙的一段生活及其想法，最好是看他自己写的回忆：

师生们陆续由北平跑出，到长沙聚齐，住在圣经学校里，大家的情绪只是兴奋而已，记得教授们每天晚上吃完饭，大家聚在一间房子里，一边喝着茶，抽着烟，一边看着报纸，研究着地图，谈论着战事和各种问题，有时一个同事新从北方来到，大家更是兴奋的听他的逃难的故事和沿途的消息。大体上说，那时教授们和一般人一样只有着战事刚爆发时的紧张和愤慨，没有人想到战争是否可以胜利，既然我们被迫得不能不打，只好打了再说。人们只对于保卫某据点的时间的久暂，意见有些出入，然而即使是最悲观的也没有考虑到最后战争如何结局的问题。那时我们甚至今天还不大知道明天要做什么事，因为学校虽然天天在筹备开学，我们自己多数人心里却怀着另外一个幻想。

我们脑子里装满了欧美现代国家的观念，以为这样的战争一发生，全国都应该动员起来，自然我们也不是例外，于是我们有的等着政府的指示，或上前方参加工作，或在后方从事战时的生产，至少也可以在士兵或民众教育上尽点力。事实证明这个幻想终于只是幻想，于是我们的心理便渐渐回到自己岗位上的工作，我们依然得准备教书，教我们过去所教的书了。

因为长沙圣经学校的限制，我们文学院是指定在南岳上课的。在这里我们住的房子也是属于圣经学校的。这些房子是在山腰上，前面在我们脚下是南岳镇，后面往山里走，便是那探索不完的名胜了。

在南岳的生活，现在想起来，真有"恍如隔世"之感。那时物价还没有开始跳跃，只是在微微地波动着罢了。记得大前门纸烟涨到两毛钱一包的时候，大家曾考虑到戒烟的办法。南岳是个偏僻地方，报纸要两三天以后才能看到，世界不大注意我们，我们也渐渐不大注意世界了，于是在有规则性的上课与游山的日程下，大家的生活又慢慢安定下来。半辈子的生活方式，究竟不容易改掉，暂时的扰乱，只能使它表面

上起点变化，机会一到，它还是要恢复常态的。(见
《联大八年》一多的谈话记录《八年的回忆与感想》)

在抗战初期，好多人的请缨投效的幻想归于破灭，所以使
得一些有志之士只好失望地回到自己原来岗位。一九三八年，战
局愈益恶化，临时大学决定迁往昆明。二月十九日临时大学生组
织了湘黔滇旅行团，步行前往昆明，一多也参加了。于是栉风沐
雨踏上了漫长的旅途，四月二十八日抵达昆明，足足走了三五百
华里！沿途名胜古迹，引发了一多的艺术兴趣，画了几十幅写生
画，又领着学生采集歌谣。旅途中一多蓄起胡须，据金甫告诉
我，他的胡须虽然相当茂盛，颜色却在黑中羼杂着不少金黄色。

十二

我已有言在前，闻一多在昆明那一段，应该留给别人写，
因为我于抗战期间在重庆，对于一多的情形不大熟悉。不过每
次杨金甫到重庆参加国民参政会的时候，他总是告诉我一些有
关一多的事，主要的是说他生活穷苦。抗战期间除了那些有办
法的人之外谁又不穷苦？一般的公教人员谁不是按月领取那两
斗平价米？不过一多好像是比别人更穷苦些，因为他家里人口
多。他共有八个孩子：

女——立瑛(一九二二年十二月生，一九二六年冬天折)

立燕（一九二六年五月生，一九二八年夏天折）

子——立鹤（一九二七年秋生）

立鹏（一九二八年九月生）

立鸿（一九二九年十月生，一九三〇年夏天折）

立鹏（一九三一年九月生）

女——立名（一九三二年十二月生）

立穗（一九三六年二月生）

吴晗《哭亡友闻一多先生》一文有这样的一段：

　　他住在乡下史家营的时候，一家八口（连老女佣）光包饭就得要全部月薪的两倍，时常有一顿没一顿，时常是一大锅清水白菜加白饭。敌机绝迹以后，搬进城，兼了昆华中学的国文教员，每月有一担米，一点钱，加上刻图章，勉强可以维持。

　　我相信这一段话没有一点夸张。吴晗在另一篇《哭一多》一文比较详细地叙说他刻印的经过：

　　两年前他学会了刻图章。

　　这故事包含了血和泪。

　　他研究古文字学。从龟甲文到金石文，都下过工夫。有一天朋友谈起为什么不学这一行手艺。他立刻买一把刻字刀下乡，先拿石头试刻，居然行，再刻象牙，云南是流行象牙章的。刻第一个牙章的时候，费了一整天，右手指被磨烂，几次灰心，绝望，还是咬着牙干下去。居然刻成了。他说这话时，隔了两年了还含着泪。以后他就靠这行手艺吃饭，今天有图章保证明天有饭吃。

是的，我在四川看到他的润例，正式挂牌治印，由梅贻琦、蒋梦麟、杨振声、唐兰、陈雪屏、朱自清、沈从文、罗常培、罗庸共九人出面介绍，浦江清拟稿作一短启，文曰：

秦玺汉印，雕金刻玉之流长；殷契周铭，古文奇字之源远。自非博雅君子，难率尔以操觚；傥有稽古宏才，偶涉笔以成趣。浠水闻一多先生，文坛先进，经学名家，辨文字于毫芒，几人知己；谈风雅之源始，海内推崇。斫轮老手，积习未忘，占毕余暇，留心佳冻。唯是温馨古泽，徒激赏于知交，何当琬琰名章，共榷扬于并世。黄济叔之长髯飘洒，今见其人；程瑶田之铁笔恬愉，世尊其学。爰缀短言为式，聊定薄润于后。

这是一九四四年五月间事。事实上一多治印不自此时始，一九二七年的时候便已为光旦、刘英士和我开始刻印了。刻印是他的老手艺。不过到了昆明正式挂牌，技艺大进罢了。听说盟军人士出于好奇，也往往订刻图章，比较可得美价，故亦来者不拒。文人不得已鬻印，亦可慨已！然而一多的脊背弯了，手指破了，内心闷积一股怨气，再加上各种各样的环境的因素，以至于成了"千古文章未尽才"，这怪谁？

方令孺其人

方令孺是我的老朋友，已暌违三十余年，彼此不通消息。秦贤次君具有神通，居然辑得方女士散文十篇都成一集，要我一言为序。对我而言，这十篇文字似曾相识，但印象模糊不清，今得重读一遍，勾起我无限怀旧的心情。她的文章思想，原文具在，读者自能体会，无需我来揄扬阐释。

谨就我所知之方令孺其人，简述数事，以为介绍。

方令孺，安徽桐城人。桐城方氏，其门望之隆也许是仅次于曲阜孔氏，可是方令孺不愿提起她的门楣，更不愿谈她的家世。一有人说起桐城方氏如何如何，她便脸上绯红，令人再也说不下去。看她的《家》与《忆江南》两篇文章，我们可以想见她有怎样的一个家，所谓书香门第，她的温文尔雅的性格当然是其来有自。

方女士早岁嫔于江宁陈氏，育一女。陈为世家子，风流倜傥，服务于金融界，饶有资财。令孺对于中外文学艺术最为倾

201

心，而对于世俗的生活与家庭的琐碎殊不措意。二人因志趣不合，终于仳离。这件事给她的打击很大，她在《家》中发出这样的喟叹：

> 　　做一个人是不是一定或应该要个家，家是可爱，还是可恨呢？这些疑问纠缠在心上，教人精神不安，像旧小说里所谓给魔魇住似的。
>
> 　　"家"确实是她毕生摆脱不掉的魔魇。她相当孤独，除了极少数谈得来的朋友之外，不喜与人来往。她经常一袭黑色的旗袍，不施脂粉。她斗室独居，或是一个人在外面彳亍而行的时候，永远是带着一缕淡淡的哀愁。

我最初认识她是在一九三〇年，在国立青岛大学同事。

杨振声校长的一位好朋友邓初（仲存），邓顽伯之后，在青岛大学任校医，邓与令孺有姻谊，因此令孺来青岛教国文。

闻一多任国文系主任。一多在南京时有一个学生陈梦家，好写新诗，颇为一多所赏识，梦家又有一个最亲密的写新诗的朋友方玮德，玮德是方令孺的侄儿，也是一多的学生。因此种种关系，一多与令孺成了好朋友，而我也有机会认识她。

青岛山明水秀而没有文化，于是消愁解闷唯有杜康了。由于杨振声的提倡，周末至少一次聚饮于顺兴楼或厚德福，好饮者七人（杨振声、赵太侔、闻一多、陈季超、刘康甫、邓仲存和我）。闻一多提议邀请方令孺加入，凑成酒中八仙之数。

于是猜拳行令、觥筹交错，乐此而不疲者凡两年。其实方令孺不善饮，微醺辄面红耳赤，知不胜酒，我们亦不勉强她。随后东北事起，学生请愿风潮波及青岛，杨振声、闻一多相率引去，方令孺亦于是时离开了青岛。

我再度遇到方令孺是抗战时在重庆。有一天张道藩领我到上清寺国立编译馆临时办公处，见到了蒋碧微和方令孺二位，她们是暂时安顿在那里。随后敌机肆虐，大家疏散下乡，蒋碧微、方令孺都加入了教育部的编委会，移居在北碚。在北碚，我和方令孺可以说是望衡对宇，朝夕相见。

最初是同住在办公室的三楼上，她住在我的隔壁。我有一天踱到她的房间聊天，看见她有一竹架的中英图书，这在抗战时期是稀有的现象。逃难流离之中，谁有心情携带图书？她就有这样的雅兴，迢迢千里间关入蜀，随身带着若干册她特别喜爱的书。我拣出其中的一本《咆哮山庄》，她说："这是好动人的一部小说啊！"我说我要把它翻译出来，她高兴极了，慨然借了给我。我总算没有辜负她的好意，在艰难而愉快的情形下把它译出来了。

我搬进"雅舍"之后，方令儒也住进斜对面的编译馆一宿舍里，她占楼上一间。她的女儿和她女儿的男友每星期都来看她。有一次，她兴高采烈地邀我和业雅到她室内吃饭。

是冬天，北碚很冷，取暖的方法是取一缸瓦盆，内置炭灰，摆上几根木炭，炭烧红了之后就会散发一些暖气。那个时候大家生活都很清苦，拥着一个炭盆促膝谈心便是无上的乐事了。方令孺的侄儿玮德（二十七岁就死了）和陈梦家都称她为"九姑"。因为排行第九，大家也都跟着叫她"九姑"，这是官称，无关辈数。我们也喊她九姑，连"方"字也省了。九姑请我们吃饭，这是难得一遇的事，我们欣然往。入室香气扑鼻，一个相当密封的瓦罐在炭火上已经煨了五六小时之久，里面有轻轻的扑噜扑噜声。煨的是大块的连肥带瘦的猪肉，不加一滴水，只加料酒、酱油，火候到了，十分的酥烂可口。这大概就是所谓"东坡肉"了吧？这一餐我们非常尽兴。临去时九姑幽幽叹息说："最乐的事莫如朋友相聚，最苦的事是夜阑人去独自收拾杯盘打扫地下，那时的空虚寥落之感真是难以消受啊！"我们听了，不禁怅然。

有一回冰心来北碚，雅舍不免一场欢宴。饭后冰心在我的一个册页簿上题字：

> 一个人应当像一朵花，不论男人或女人。花有色、香、味，人有才、情、趣，三者缺一，便不能做人家的一个好朋友。我的朋友之中，男人中只有实秋最像一朵花。

> 在人家里做客，不免恭维主人几句，不料下笔未能自休，

揄扬实在有些过分。这时节围在一旁的客人大为不满，尤其是顾毓珍叫嚣得最厉害，他说："实秋最像一朵花，那我们都不够朋友了？"冰心说："少安毋躁，我还没有写完。"于是急下转语，继续写道：

虽然是一朵鸡冠花，培植尚未成功，实秋仍须努力！

草草结束，解决了当时尴尬的局面。过了些时，九姑看到了冰心的题字，不知就里，援笔也题了几句话，她写道：

余与实秋同客北碚将近二载，借其诙谐，每获笑乐，因此深知实秋"虽外似倜傥而宅心忠厚"者也。

实秋住雅舍，余住俗舍，二舍遥遥相望。雅舍门前有梨花数株，开时行人称羡。冰心女士比实秋为鸡冠花，余则拟其为梨花，以其淡泊风流有类孟东野。

唯梨花命薄，而实秋实福人耳。

庚辰冬夜　令孺记

一直到抗战胜利，九姑回到南京。以后我们就没有再会过。我来台湾后，在报端偶阅一段消息，好像她是在上海、杭州一带活动，并且收集砚石以为消遣。从收集砚石这件事来看，我知道她寄情于艺苑珍玩，当别有心事在。"石不能言最可人"。她把玩那些石砚的时候，大概是想着从前的日子吧？

《徐志摩全集》编辑经过

　　一九五九年胡适之先生回到台湾，我赴南港看他，和他谈起徐志摩的一部分著作在台湾有人翻印，翻印的人不大负责任，往往将一本书割裂成好几本，号称"全集"者又缺漏太多，鲁鱼亥豕，更不必说，情形实在不能令人满意。但是志摩的作品，这么多年来一直受读者欢迎，是可喜的事。因此我建议胡适之先生，由他主持，编印《徐志摩全集》。胡先生说："当初朋友们早有此意，只因志摩的遗稿，包括信札等在内，不是全在一个人的手里，由于人事关系，调集起来不是一件容易事，因循至今，搜求更加困难了。"只因遗稿不易集中，遂将印行全集之事搁置下来，实在是遗憾之至。

　　一九六七年初张幼仪女士来，在蒋慰堂先生宴席上我和她谈起志摩的著作，我表示我们应该把他的著作整理出版，幼仪愿意赞助。慰堂是志摩的表弟，对于此事当然也是十分热心。因此我们三个人约定要在短期内促其实现。幼仪当即寄信到纽约给她的儿子徐积锴先生，由他负责搜集资料。积锴在纽约就业，百忙中向各大学及公共图书馆接洽，找到了绝大部分的作品，——影印复本寄来，到了一九六八年二月资料大致齐全。我本想请积锴写一篇序，因为他事忙未果，但是他于一九六八年二月四日寄来几行文字作为"前言"，随函还寄来两帧志摩的照片的复本。旅居海外的张禹九先生也在这个时候写信给我，寄来一幅他收藏多年的志摩的画像。

作品大体齐备，紧接着就是编辑与印行的问题。我们编印这个全集，目的非为牟利，旨在保存文献，传诸久远，所以必须具有同样认识的人来承当这个编印的责任才行。传记文学社的主持人刘绍唐先生听说我们有此计划，便毅然引为己任。慰堂先生与我认为付托得人，私衷窃喜，与幼仪女士和积锴先生取得同意，遂决定由传记文学社负责印行。慰堂和我与绍唐多次商讨，发现许多问题难以解决，但是都一一克服了。例如：

一、既称全集，当然应将作者已刊、未刊诸稿悉数收入，但于此时此地很难做到。其已集结成册者，幸已收齐，经过相当困难，其中《涡堤孩》一书于最后一分钟才从香港的宋淇先生处觅得。至于作者在各刊物发表的文字，我们要尽量搜求，遗憾的是，有很多作品我们仅知其篇名与刊物名称而无从采集。以《新月》杂志而论，在台湾仅黄得时先生藏有十余册，后幸陈之迈先生鼎力帮忙，由邱创寿先生从日本访得三十余册摄影惠供参考，虽非全璧，已大致不差。其他如《小说月报》所刊志摩诗文，在台亦无处收集，第六辑正付印中，才由林明德先生自日本东洋文库影印寄来，及时编入全集。志摩生前诗稿之未发表者，积锴先生提供若干，虽数量不丰，吉光片羽，弥足珍贵。其中一部分已有刊布，字句间颇有增减出入，可以由此窥见作者斟酌、推敲之痕迹，故予一并影印。

二、凡原已辑印成书的著作，一律照相影印，以存其真。

但有几种复印本，因再加影印的关系，效果不够理想，又因原书间有字迹模糊之处，则需一一检存补贴。原书手民之误亦复不少，有全部加以校勘之必要，乃分别编制校勘表，分别附于原书之后。

三、作者执笔在四十年前，此后时势变动甚大，以今视昔，在论点上、在字句间均难免偶有不合时宜之处。若径加删汰，则于心未安。故对全书均重加审阅，于必要处留出空白，事非得已，应得读者鉴原。

以上数事，做起来不简单。传记文学社特聘陶英惠先生主其事。陶先生是历史学者，对于史料整理自是擅长，但在此时此地编纂《志摩全集》，资料难得，在可能范围之内校绘爬梳，亦复煞费周章，耗时将近一载，始告藏事。全集共分六辑，分别简介如后：

第一辑

本辑包括：（一）前言；（二）编辑经过；（三）小传；（四）图片；（五）墨迹函札；（六）未刊稿；（七）年谱；（八）纪念文及挽联等。本辑包罗最广，内容亦最杂。除墨迹函札及未刊稿外，均非志摩本人的作品。但作为一个全集来看，各部分均有其必要，而且资料都得来不易。

未刊稿是积锴先生的手稿，无论其中有无曾经刊布，均有保存价值。我们现在仅能得这一些，以后如续有发现，当再补入。

《年谱》是传记文学社新编的。关于年谱一项，陈从周先生曾编有《徐志摩年谱》行世，书成于一九四九年八月，上海出版。陈从周先生是徐家的亲戚，但是志摩逝世那一年他才十四岁，他作的《年谱》收集了不少资料，据幼仪女士和慰堂先生说其中错误不少，所以我们决定不收陈先生所作的《年谱》，而参考他的资料，另行编写一个比较简短而确实的年谱。

本辑中还有两点必须一提的。一是梁启超先生于民国十二年初给志摩的长函真迹，此函胡适之先生曾引用过，但从未正式发表。本年初积锴伉俪有台湾之行，他们在行囊中特别把这封原信带来，恰可编入《全集》。此信来源，据积锴先生说是一九六〇年胡先生送给他保存的。另一是胡适之先生关于志摩遇难那天的日记及剪报，原件曾在胡适纪念馆陈列过，承胡夫人慨允，将其复制照相，把照片送给我们一套，才得制版刊出。

第二辑

本辑包括四个诗集：

（一）《志摩的诗》 这是作者第一部诗集，于民国十一年回国后两年内写的。初版是由中华书局印刷所承印的，连史纸，中式线装，古宋体字，古色古香，后由北京北新书局及现代评论社先后代售。一九二八年新月书店重新用铅字排印，内容较初版为少，计被作者删去十余首，如《自然与人生》《希望的埋葬》等。我们所收的《志摩的诗》系根据新月书店一九三三年二月第六版影印，因古宋体初版已不可得。但新月版所缺少的几首，我们又在原诗发表的刊物上找到，故仍抄录编入《全集》的第二辑里。

（二）《翡冷翠的一夜》 这是作者的第二部诗集，送给陆小曼女士，算是纪念他们结婚的一份礼物。江小鹣做封面。十六年九月新月书店初版，十七年五月再版。我们是根据再版本影印的。

（三）《猛虎集》 这是志摩生前出版的最后一部诗集，二十年八月新月书店初版，闻一多作封面。我们是根据这初版本影印的。

（四）《云游》 二十一年七月新月书店初版。当时志摩已经去世，是由邵洵美请陈梦家编辑而成的，书名是梦家所拟，陆小曼作序。我们是根据这初版本影印的。

第三辑

本辑包括文集四种：

（一）《落叶》　这本文集有一半是讲演稿，十五年六月北新书局出版，封面是闻一多设计的，十六年九月再版。我们是根据再版本影印的。

（二）《巴黎的鳞爪》　十六年八月新月书店初版，闻一多作封面。我们是根据这初版本影印的。

（三）《自剖文集》　十七年一月新月书店初版，江小鹣作封面，我们是根据这初版本影印的。

（四）《秋》　这是志摩于十八年在国立暨南大学的一篇讲演稿，遇难后的第二天（二十年十一月二十日）由赵家璧交良友图书公司付排，列为该公司一角丛书第十三种，十一月二十七日初版，二十一年十一月二十日再版。我们根据的是这再版本。

第四辑

本辑包括小说、戏剧及其他杂著：

211

（一）《轮盘》 这是短篇小说集，于十八年五月结集，沈从文作序，十九年四月中华书局初版，二十五年八月四版。我们是根据这第四版影印的。

（二）《卞昆冈》 志摩与陆小曼合作的五幕剧，十七年四月十日至五月十日在《新月》月刊一卷二期至三期中发表，后由新月书店出版，我们是根据新月本影印的。

（三）《爱眉小札》 二十四年陆小曼为纪念志摩四十诞辰，把二人合写的日记，"志摩日记"与"小曼日记"及志摩在十四年写给她的信，编成这本《爱眉小札》，上海良友图书公司出版，三十四年六月再版。我们是根据再版普及本影印的。

（四）《志摩日记》 三十六年二月，陆小曼为纪念志摩五十岁生日，把这本日记交由晨光出版公司出版，列为晨光文学丛书第六种，三十六年三月初版，三十七年九月再版，三十八年四月三版。这部日记里的《爱眉小札》与良友版《爱眉小札》中之《志摩日记》完全相同，两书中之《小曼日记》亦复雷同。为避免重复，我们在此删去这两部分。我们是根据晨光第三版影印的。

（五）《涡堤孩》 这是一本翻译的小说，应该收入第五辑，因第五辑页数过多，装订困难，姑置于本辑之末。原书名为《Undine》著者为德国人福沟（Friedrich Heinrich Karl, Baron de la Motte Fouque），志摩所译是根据高斯（Edmund Gosse）的英译本转译的，十二年五月商务印书馆出版，列为共学社文学丛书之一。我们是根据商务本影印的。

第五辑

本辑包括翻译作品数种。翻译作品本不应羼入《全集》。

唯志摩之翻译久已脍炙人口，现在读者购求不易，而且志摩译笔亦往往显露其才华，抒辞擒藻，如见其人，令人难以割爱，故仍收集于此，以广流传。

（一）《曼殊斐尔小说集》　这是志摩陆续翻译曼殊斐尔（Katharine Mansfield）几篇短篇小说的结集。有序，十六年北新书局出版。我们是根据北新本影印的。

（二）《赣第德》　这是志摩在十四年主编北京《晨报副刊》时翻译的，陆续在副刊发表，十六年六月北新书局出版，列为欧美名家小说丛刊之一。原作者为法国的凡尔太（Voltaire），志摩是据英译本转译。我们是根据北新本影印的。

（三）《玛丽玛丽》　这部小说原名 *The Charwoman's Daughter*，爱尔兰人 James Stephens 作，刊于一九二一年。民国十二年志摩在硬石东山过冬时开始翻译此书，仅成不满九章，曾于《晨报副刊》发表。以后几章是由沈性仁女士（陶孟和夫人）续成的，十六年八月由新月书店出版。我们是根据新月初版影印的。

第六辑

　　本辑包括：（一）新编诗集；（二）新编文集；（三）新编翻译集。这是我们将所找到的志摩散篇诗文，分类并按发表的年序编辑而成。志摩的散篇诗文，杂见于报章杂志而未收入单行本者甚多。但因当年报章杂志已不易搜寻，我们尽了最大的努力，所得不过如此。尚有若干篇章无从觅得，只能开列详单，作为存目。进一步地搜罗补苴，当俟诸异日。

　　《徐志摩全集》以现在这样的面貌与读者相见了，我们一方面引以为慰，因为我们略尽了后死者之责，把志摩的作品搜聚在一起付梓问世，免于散佚，但另一方面也很遗憾，因为丧乱之中，资料难得，未敢偷懒，只能做到如此地步。我们希望海内外读者对于我们的编辑工作，指正其瑕疵，并惠提资料，使我们能有填补阙漏的机会。

忆冰心

　　顾一樵先生来，告诉我冰心和老舍先后去世。我将信将疑。冰心今年六十九岁，已近古稀，如今传出死讯，无可惊异。（编者注：显然此消息为误传）读《清华学报》新七卷第一期（一九六八年八月刊），施友忠先生有《中共文学中之讽刺作品》一文，里面提到冰心，但是没有说她已经去世。最近谢冰莹先生在《作品》第二期（一九六八年十一月）里有《哀冰心》一文，则明言"冰心和她的丈夫吴文藻双双服毒自杀了"。看样子，她是真死了。她在日本的时候写信给赵清阁女士说："早晚有一天我死了都没有人哭！"似是一语成谶！可是"双双服毒"，此情此景，能不令远方的人一洒同情之泪？

　　初识冰心的人都觉得她不是一个令人容易亲近的人，冷冷得好像要拒人于千里之外。她的《繁星》《春水》发表在《晨报副刊》的时候，风靡一时，我的朋友中如时昭瀛先生，便是最为倾倒的一个。他逐日剪报，后来精裱成一长卷，在美国和冰心相遇的时候恭恭敬敬地献给了她。我在《创造周报》第十二期（一九二三年七月二十九日）写过一篇《〈繁星〉与〈春水〉》，我的批评是很保守的，我觉得那些小诗里理智多于情感，作者不是一个热情奔放的诗人，只是泰戈尔小诗影响下的一个冷隽的说理者。就在这篇批评发表后不久，于赴美途中的"杰克逊总统"号的甲板上不期而遇。经许地山先生介绍，寒暄一阵之后，我问她：

"您到美国修习什么？"她说："文学。"她问我："您修习什么？"我说："文学批评。"话就谈不下去了。

在海船上摇晃了十几天，许地山、顾一樵、冰心和我都不晕船，我们兴致勃勃地办了一份文学性质的壁报，张贴在客舱入口处，后来我们选了十四篇送给《小说月报》，发表在第十一期（一九二三年十一月十日），作为一个专辑，就用原来壁报的名称《海啸》。其中有冰心的诗三首：《乡愁》《惆怅》《纸船》。

一九二四年秋，我到了哈佛，冰心在韦尔斯利女子学院，同属于波士顿地区，相距约一个多小时火车的路程。遇有假期，我们几个朋友常去访问冰心，邀她泛舟于脑伦璧迦湖。冰心也常乘星期日之暇到波士顿来做杏花楼的座上客。我逐渐觉得她不是恃才傲物的人，不过对人有几分矜持，至于她的胸襟之高超，感觉之敏锐，性情之细腻，均非一般人所可企及。

一九二五年三月二十八日，波士顿一带的中国学生在"美术剧院"公演《琵琶记》，剧本是顾一樵改写的，由我译成英文，我饰蔡中郎，冰心饰宰相之女，谢文秋女士饰赵五娘。逢场作戏，不免谑浪，后谢文秋与同学朱世明先生订婚，冰心就调侃我说："朱门一入深似海，从此秋郎是路人。""秋郎"二字来历在此。

冰心喜欢海，她父亲是海军中人，她从小曾在烟台随侍过一段期间，所以和浩瀚的海洋结不解缘。不过在她的作品里嗅不出梅思斐尔的"海洋热"。她憧憬的不是骇浪滔天的海水，不是浪迹天涯的海员生涯，而是在海滨沙滩上拾贝壳，在静静的海上看冰轮乍涌。我一九三〇年到青岛，一住四年，几乎天天与海为邻，几次三番地写信给她，从没有忘记提到海，告诉她我怎样陪同太太带着孩子到海边捉螃蟹，掘沙土，拣水母，听灯塔呜呜叫，看海船冒烟在天边逝去。我的意思是逗她到青岛来。她也很想来过一个暑季，她来信说："我们打算住两个月，而且因为我不能起来的缘故，最好是海涛近接于几席之下。文藻想和你们逛山散步，汩水，我则可以倚枕倾聆你们的言论。……我近来好多了，医生许我坐火车，大概总是有进步。"但是她终于不果来，倒是文藻因赴邹平开会之便，到舍下盘桓了三五天。

冰心健康情形一向不好，说话的声音不能大，甚至是有上气无下气的。她一到了美国不久就呕血，那著名的《寄小读

217

者》大部分是在医院床上写的。以后她一直时发时愈，缠绵病榻。有人以为她患肺病，那是不确的。她给赵清阁的信重起见，遵医（协和）嘱重行检验一次，X光线，取血，闹了一天。据说我的肺倒没毛病，是血管太脆。"她呕血是周期性的，有时事前可以预知。她多么想看青岛的海，但是不能来，只好叹息："我无有言说，天实为之！"她的病严重地影响了她的创作生涯，甚至比照管家庭更妨碍她的写作，实在是太可惋惜的事。抗战时她先是在昆明，我写信给她。为了一句戏言，她回信说："你问我除生病之外所做何事。像我这样不事生产，当然使知友不满之意溢于言外。其实我到呈贡之后，只病过一次，日常生活都在跑山望水、柴米油盐、看孩子中度过……"在抗战期间做一个尽职的主妇真是谈何容易，冰心以病躯肩此重任，是很难为她了。她后来迁至四川的歌乐山居住，我去看她，她一定要我试一试他们睡的那一张弹簧床。我躺上去一试，真软，像棉花团，文藻告诉我他们从北平出来什么也没带，就带了这一张庞大笨重的床，从北平搬到昆明，从昆明搬到歌乐山，没有这样的床她睡不着觉！

　　歌乐山在重庆附近，算是风景很优美的一个地方。冰心的居处在一个小小的山头上，房子也可以说是洋房，不过墙是门外有几十棵不大不小的松树，秋声萧瑟，瘦影参差，还值得令人留恋。一般人以为冰心养尊处优，以我所知，她在抗战期间并不宽裕。歌乐山的寓处也是借住的。

抗战胜利后，文藻任职我国驻日军事代表团。这一段时间才是她一生享受最多的，日本的园林之胜是她所最为爱好的，日常的生活起居也由当地政府照料得无微不至。下面是她到东京后两年写给我的一封信：

实秋：

九月廿六信收到。昭涵到东京，待了五天，我托他把那部日本版杜诗带回给你，（我买来已有一年了！）到临走时他也忘了，再寻便人吧。你要吴清源和本因坊的棋谱，我已托人收集，当陆续奉寄。清阁在北平，（此信给她看看）你们又可以热闹一下。我们这里倒是很热闹，甘地所最恨的鸡尾酒会，这里常有！也累，也最不累，因为你可以完全不用脑筋说话。但这里也常会从万人如海之中飘闪出一两个"惊才绝艳"，因为过往的太多了，各国的全有，淘金似的，会浮上点金沙。除此之外，大多数是职业外交人员、职业军人、浮嚣的新闻记者，言语无味，面目可憎。在东京两年，倒是一种经验，在生命中算是很有趣的一段。文藻照应忙，孩子们照应玩，身体倒都不错，我也好。宗生不常到你处吧？他说高三功课忙得很，明年他想考清华，谁知道明年又怎么样？北平人心如何？看报仿佛不太好。

东京下了一场秋雨，冷得美国人都披上皮大衣，今天又放了晴，天空蓝得像北平。真是想家得很！你们吃炒栗子没有？

请嫂夫人安

冰心 十,十二

一九四九年六月我来到台湾，接到冰心、文藻的信，信中说他们很高兴听到我来台的消息，但是一再叮咛要我立刻办理手续前往日本。风雨飘摇之际，这份友情当然可感，但是我没有去。此后就消息断绝。

冰心致作者及赵清阁女士的信
一 冰心致作者的信之一

实秋：

前得来书，一切满意，为慎重起见，遵医（协和）嘱重行检查一次，X光线，取血，闹了一天，据说我的肺倒没毛病，是血管太脆。现在仍需静养，年底才能渐渐照常，长途火车，绝对禁止。于是又是一次幻象之消灭！

我无有言说，天实为之！我只有感谢你为我们费心，同时也羡慕你能自由地享受海之伟大。这原

220

来不是容易的事！

文藻请安

二　冰心致作者的信之二

实秋：

你的信，是我们许多年来，从朋友方面所未得到的，真挚痛快的好信！看完了予我们以若干的欢喜。志摩死了，利用聪明，在一场不人道不光明的行为之下，仍得到社会一班人的欢迎的人，得到一个归宿了！我仍是这么一句话，上天生一个天才，真是万难，而聪明人自己的糟蹋，看了使我心痛。志摩的诗，魄力甚好，而情调则处处趋向一个毁灭的结局。看他《自剖》里的散文、《飞》等等，仿佛就是他将死未绝时的情感，诗中尤其看得出。我不是信预兆，是说他十年来心理的酝酿，与无形中心灵的绝望与寂寥，所形成的必然的结果！人死了什么都太晚。他生前我对着他没有说过一句好话，最后一句话，他对我说的："我的心肝五脏都坏了，要到你那里圣洁的地方去忏悔！"我没说什么，我和他从来就不是朋友，如今倒怜惜他了，他真辜负了他的一股子劲！

谈到女人，究竟是"女人误他"？"他误女人"？也很难说。志摩是蝴蝶，而不是蜜蜂，女人的好处就得不着，女人的坏处就使他牺牲了。——到这里，我打住不说了！

我近来常常恨我自己，我真应当常写作，假如你喜欢《我劝你》那种的诗，我还能写他一二十首。无端我近来又教了书，天天看不完的卷子，使我头痛心烦。是我自己不好，只因我有种种责任，不得不要有一定的进款来应用。过年我也许不干或少教点，整个地来奔向我的使命和前途。

我们很愿意见见你，朋友们真太疏远了！年假能来吗？我们约了努生，也约了昭涵，为国家你们也应当聚聚首了。我若百无一长，至少能为你们煮咖啡！

小孩子可爱得很，红红的颊，蜷曲的浓发，力气很大，现在就在我旁边玩。他长得像文藻，脾气像我，也急，却爱笑，一点也不怕生。

请太太安

冰心　十一，廿五

三　冰心致作者的信之三

实秋：

山上梨花都开过了，想雅舍门口那一大棵一定也是绿肥白瘦。光阴过得何等的快！你近来如何？听说曾进城一次，歌乐山竟不曾停车，似乎有点对不起朋友。刚给白薇写几个字，忽然想起赵清阁，不知她近体如何？春来是否痊了？请你代我走一趟，看看她。我自己近来好得很。文藻大约下月初才能从昆明回来，他生日是二月九日，你能来玩玩否？余不一一，即请

大安

问业雅好

冰心　三月廿五日

四　冰心致赵清阁的信

清阁：

　　信都收入，将来必有一天我死了都没有人哭。关于我病危的谣言已经有太多次了，在远方的人不要惊慌，多会真死了才是死，而且肺病绝不可能。这种情形，并不算坏。就是有病时（有时）太寂寞一点，而且什么都要自己管，病人自己管自己，总觉得有点那个！你叫我写文章，尤其是小说，我何尝不想写，就是时间太零碎，而且杂务非常多。也许我回来时在你的桌上会写出一点来。上次给你寄了樱花没有？并不好，就是多，我想就是菜花多了

也会好看，樱花意味太哲学了，而且属于悲观一路，我不喜欢。朋友们关心我的，请都替我辟谣，而且问好。参政会还没有通知，我也不知道是否五月开，他们应当早通知我，好做准备。这边待得相当腻，朋友太少了，风景也没有什么，人为居多，如森林，这都是数十年升平的结

果。我们只要太平下来五十年，你看看什么样子。总之我对于日本的□□，第一是女人（太没有背脊骨了），第二是樱花，第三、第四也还要有……匆匆请

　　放心

冰心　四.十七

五　冰心致作者的信之四

实秋：

　　文藻到贵阳去了，大约十日后方能回来，他将来函寄回，叫我做复。大札较长，回诵之余，感慰无尽。你问我除生病之外所做何事，像我这样不事生产，当然使知友不满之意溢于言外。其实我到呈贡后，只病过一次，日常生活，都在跑山望水、柴米油盐、看孩子中度过。自己也未尝不想写作，总因心神不定，前作《默庐试笔》，断续写了三夜，成

了六七千字，又放下了。当然，我不敢妄自菲薄，如今环境又静美，正是应当振作时候，甚望你常常督促，省得我就此沉落下去。呈贡是极美，只是城太小，山下也住有许多外来的工作人员，谈起来有时很好，有时就很索然。在此居留，大有 Main street 风味，渐渐地会感到孤寂。（当然昆明也没有什么意思，我每次进城，都亟欲回来！）我有时想这不是居处关系，人到中年，都有些萧索。我的一联是"海内风尘诸弟隔，无涯涕泪一身遥"，庶几近之。

你是个风流才子，"时势造成的教育专家"，同时又有"高尚娱乐"，"活鱼填鸭充饥"，所谓之"依人自笑冯驩老，做客谁怜范叔寒"两句（你对我已复述过两次）。真是文不对题。该打！该打！只是思家之念，尚值得人同情耳！你跌伤已痊愈否？景超如此仗义疏财，可惜我不能身受其惠。我们这里，毫无高尚娱乐，而且虽有义可仗，也无财可疏，为可叹也！文藻信中又嘱我为一樵写一条横幅，请你代问他，可否代以"直条"？我本来不是写字的人，直条还可闭着眼草下去，写完"一瞑不视"（不是"掷笔而逝"）！横幅则不免手颤了，请即复。山风渐动，阴雨时酸寒透骨，幸而此地阳光尚多，今天不好，总有明天可以盼望。你何时能来玩玩？译述

225

脱稿时请能惠我一读。景超、业雅、一樵请代致意，此信可以传阅。静夜把笔，临颖不尽。

冰心　拜启十一月廿七

六　冰心致作者的信之五

实秋：

我弟妇的信和你的同到。她也知道她找事的不易，她也知道大家的帮忙，叫我写信谢谢你！总算我做人没白做，家人也体恤，朋友也帮忙，除了"感激涕零"之外，无话可说！东京生活，不知宗生回去告诉你多少？有时很好玩，有时就寂寞得很。大妹身体痊愈，而且茁壮。她廿号上学，是圣心国际女校。小妹早就上学（九.一）。我心绪一定，倒想每日写点东西，要不就忘了。文藻忙得很，过去时时处处有回去可能，但是总没有走得成。这边本不是什么长事，至多也只到年底。你能吃能睡，茶饭无缺，这八个字就不容易！老太太、太太和小孩子们都好否？关于杜诗，我早就给你买了一部，日本版的，放在那里，相当大，坐飞机的无人肯带，只好将来自己带了。书贾又给我送来一部中国版的（嘉广）和一部《全唐诗》，我也买了。现在日本书也贵。我常想念北平的秋天，多么高爽！这里三天

226

台风了，震天撼地，到哪儿都是潮不唧的，讨厌得很。附上昭涵一函，早已回了，但有朋友近况，想你也要知道。

文藻问好

冰心　中秋前一日

后记

一

绍唐吾兄：

在《传记文学》十三卷六期我写过一篇《忆冰心》，当时我根据几个报刊的报道，以为她已不在人世，情不自已，写了那篇哀悼的文字。今年春，凌叔华自伦敦来信，告诉我冰心依然健在，惊喜之余，深悔孟浪。顷得友人自香港剪寄今年五月二十四日香港《新晚报》，载有关冰心的报道，标题是《冰心老当益壮酝酿写新书》，我从文字中提炼出几点事实：

（一）冰心今年七十三岁，还是那么健康、刚强，洋溢着豪逸的神采；

（二）冰心后来从未教过书，只是搞些写作；

（三）冰心申请了好几次要到工农群众中去生

227

活，终于去了，一住十多个月；

（四）目前她好像是"待在"所谓"中央民族学院"里，任务不详；

（五）她说"很希望写一些书"，最后一句话是："老牛破车，也还要走一段路的。"

此文附有照片一帧。人还是很精神的，只是二十多年不见，显着苍老多了。因为我写过《忆冰心》一文，我觉得我有义务做简单的报告，更正我轻信传闻的失误。

弟梁实秋拜启

一九七二年六月十五日西雅图

二

绍唐吾兄：

六月十五日函寄达。我最近看到香港《新闻天地》第一二六七号载唐向森《洛杉矶航信》，记曾与何炳棣一行同返内地的杨庆尘教授在美国西海岸的谈话，也谈到谢冰心夫妇。他说："他俩还活在人间，刚由湖北孝感的'五七干校'回到北京。他还谈到梁实秋先生误信他们不在人间的消息所写下悼念亡友的文章，冰心说，他们已看到了这篇文章。这两口子如今都是七十开外的人了。冰心现任职于

'作家协会'，至于吴文藻派什么用场，未见道及。这二位都穿着皱巴巴的人民装，也还暖和，曾问二位夫妇这一把年纪去干校，尽干些什么劳动呢？冰心说，多半下田扎绑四季豆。他们在'文化大革命'时期，曾被斗争了三天。"这一段报道益发可以证实冰心夫妇依然健在的消息。我不明白，当初为什么有人捏造死讯，难道这造谣的人没有想到谣言早晚会不攻自破吗？现在我知道冰心未死，我很高兴；冰心既然看到了我写的哀悼她的文章，她当然知道我也未死。这年头儿，彼此知道都还活着，实在不易。这篇航信又谈到老舍之死，据冰心的解释，老舍之死"要怪舍予太爱发脾气，一发脾气去跳河自杀死了……"这句话说得很妙。人是不可发脾气的，脾气人人都有，但是不该发，一发则不免跳河自杀矣。

弟梁实秋顿首

一九七二年七月十一日西雅图

悼念朱湘先生

　　偶于报端得知朱湘先生死耗，但尚不知其详。文坛又弱一个，这是很令人难过的。我和朱先生幼年同学，近年来并无交往，然于友辈处亦当得知其消息，故于朱先生平素为人及其造诣，亦可以说略知一二。朱先生读书之勤、用力之专是很少见的，可惜的是他的神经从很早的时候就有很重的变态的现象。这由于早年家庭环境不良，抑是由于遗传，我可不知道。他的精神变态，愈演愈烈，以至于投江自尽，真是极悲惨的事。关于他的身世、遭遇，理解最深者，在朋友中无过于闻一多、饶子离二位。我想他们一定会写一点文字，纪念这位亡友的。

　　在上海《申报·自由谈》（十二月十七日、十九日）有两篇追悼失湘先生的文章，略谓：他的死，可说完全是受社会的逼迫。固然，他的性情不免孤僻，这是他的一般朋友所共知，不过生活的不安、社会对他的漠视，即是他自杀的近因。他不知道现在社会，只认得金钱，只认得势利，只认得权力，天才的诗人、贫苦的文士，在它的眼下！朱湘先生他既不会蝇营狗苟，亦不懂得争权夺利，所以在这黑暗的社会中，只得牺牲一生了。我恐怕现在在社会的压迫下，度着困苦的生活，同他一样境遇的，还不知道有多少呢！

　　朱湘先生之自杀，正是现代社会黑暗的反映，也正是现代社会不能尊重文人的表现。（余文伟）

　　这件事报纸上面好像没有什么记载，其实是很值得注意的，因为他的意义并不限于朱湘一个人。这位诗人的性情据说非常孤傲，自视很高。据他想象，他这样一个诗人，虽然不能像外国的桂冠诗人一样，有什么封号；起码也应该使他生活得舒服一点儿，使他有心情写诗。可是这个混乱的中国社会，不但不给他舒服的生活，而且简直不给他生活，这样冷酷他自然是感到的。他不能认识社会、了解社会，既不承认能够纵容他，把他像花草一样培养起来的某种环境已经崩溃，更不相信那个光明灿烂的时期真会实现，所以他只看到一片深沉的黑暗。这种饮命的期望，使他没有生活下去的勇气，使他不得不用自杀来解决内心的苦闷。朱湘已经死了，跟他选上这条死路的，恐怕在这大批彷徨践路的智识

群中，还有不少候补者吧。（何家槐）

　　这两位作者认定朱先生之自杀"完全是受社会的逼迫"，这个混乱的中国社会，"简直不给他生活"。对于死人，照例是应该说好话的。对于像朱先生这样有成绩的文人之死，自然格外地值得同情。不过，余、何两位的文章，似乎太动了情感，一般不识朱先生的人，读了将起一种不十分正确的印象，就以为朱先生之死，一股脑儿地由"社会"负责。

　　中国社会之"混乱"自然是一件事实，在这社会中要求"生活得舒服一点儿"的确是不容易的；不过以朱湘先生这一个来说，我觉得他的死应由他自己的神经错乱负大部分责任，社会之"冷酷"负小部分责任。我想凡认识朱先生的将同意我这判断。朱先生以"留学生""大学教授"的资格和他的实学而要求"生活得舒服一点儿"不是不可能的，不幸朱先生的脾气似乎太孤高了一点儿，不客气地说，太怪僻了一点儿，所以和社会不能和谐。若说"社会"偏偏要和文人作对，偏偏不给他生活，偏偏要逼他死，则我以为社会的"冷酷"，尚不至于"冷酷"至此！

　　文人有一种毛病，即以为社会的待遇太菲薄，总以为我能作诗，我能写小说，我能做批评，而何以社会不使我生活得舒服一点儿。其实文人也不过是人群中之一部分，凭什么他应该要求生活得舒适？他不反躬问问自己究竟贡献了多少？譬如郁达夫先生一类的文人，报酬并不太薄，终日花天酒地，过的是中级的颓废生活，而提起笔来辄拈酸叫苦，一似遭了社会的最不公的待遇，不得已才沦落似的。这是最令人看不起的地方。朱湘先生并不是这样的人，他的人品是清高的，他一方面不同污合流地摄取社会的荣利，他另一方面也不嚷穷叫苦取媚读者。当今的文人，最擅长的是"以贫骄人"，好像他的穷即是他的过人的长处，此真无赖之至！若以为朱先生之死完全由于社会的逼迫，岂非厚诬死者？

本来靠卖文为生是很苦的，不独于中国为然。在外国，因为读书识字的人多，所以出版事业是赢利的大商业，因之文人的报酬亦较优厚。然试思十八世纪之前，又几曾听说有以卖文为生的文学家？大约除了家中富有或蒙贵人赏拔的人才能专门从事著述。从近代眼光看来，受贵人赏拔是件可耻的事。在我们中国，文人一向是清苦的，在如今凋敝的社会里自然是更要艰窘。据何家槐君所说：

> 他的文章近几年来发表得很少，而且诗是卖不起钱的，要想靠这个维持生活真是梦想。听说有家杂志要他的诗稿，因他要求四元一行，那位素爱揩油的编辑就很生气地拒绝刊登。

我所怪的不是编辑先生之"拒绝刊登"，而是朱先生的

"要求四元一行"，当然那位编辑先生之"很生气"是大可不必。文学只好当作副业，并且当作副业之后对于文学并无妨。有些诗人以为能写十行八行诗之后便自命不凡地以为其他职业尽是庸俗，这实在是误解。我们看古往今来的多少文学家，有几人以文学为职业？当今有不少的青年，对于文学富有嗜好，而于为人处世之道遂不讲求，这不是健康的现象。我于哀悼朱湘先生之余，不禁想起了这些话说。

朱先生之死是否完全由于社会逼迫，抑是还有其他错综的情形，尚有待于事实的说明。知其是精神错乱，他自己当然也很难负责，只能归之于命运。不过精神并未错乱的文人们，应该知道自爱，应该有健康的意志、理性和毅力来面对这混乱的社会吧？

还有一点，写诗是和许多别种工作一样，并不见得一定要以"生活得舒服一点儿"为先决条件的。饿了肚子当然是不好工作的，"穷而后工"也不过是一句解嘲的话；然而，若谓"生活得舒服一点儿"以后才能"有心情写诗"，这种理论我是不同意的。现下的诗人往往写下四行八行的短诗，便在后面缀上"于莱茵河边""于西子湖畔"，这真令人作呕！诗是在什么地方都可以写的，不必一定要到风景美的地方去；诗在什么时候都可以写的，不必一定要在"舒服"的时候。所谓"有心情写诗"，那"心情"不是视"舒服"与否而存减的。诗人并没有理由特别地要求生活舒适。社会对诗人特别地推崇与供养，自然是很好的事，可是在诗人那方面，并不该怨天尤人地要求供养。要做诗人应先做人。这并非是对朱湘先生的微辞。朱湘先生之志行高洁是值得我们尊敬的，他的自杀是值得我们哀悼的。不过生活着的文人们若是借着朱先生之死而发牢骚，那是不值得同情的。

本文原载于1933年12月30日《益世报》

叶公超二三事

　　公超在某校任教时，邻居为一美国人家。其家顽童时常翻墙过来骚扰，公超不胜其烦，出面制止。顽童不听，反以恶言相向，于是双方大声诟谇，秽语尽出。其家长闻声出视，公超正在厉声大骂："I'll crown you with a pot of shit！"（"我要把一桶粪浇在你的头上！"）

　　那位家长慢步走了过来，并无怒容，问道："你这一句话是从哪里学来的？我有好久没有听见过这样的话了。你使得我想起我的家乡。"

　　公超是在美国读完中学才进大学的，所以美国孩子们骂人的话他都学会了。他说，学一种语言，一定要把整套的咒骂人的话学会，才算彻底。如今他这一句粪便浇头的脏话使得邻居和他从此成朋友。这件事是公超自己对我说的。

　　公超在暨南大学教书的时候，因兼图书馆长，而且是独身，所以就住在图书馆楼下一小室，床上桌上椅上全是书。他有爱书癖，北平北京饭店楼下 Vetch 的书店，上海的别发公司，都是他经常照顾的地方。做了图书馆长，更是名正言顺地大量买书。他私人嗜读的是英美的新诗。英美的诗，到了第二次大战以后，才有所谓"现代诗"大量出现。诗风偏向于个人独特的心理感受，而力图摆脱传统诗作的范畴，偏向于晦涩。公超关于诗的看法与徐志摩、闻一多不同。当时和公超谈得来的新诗作家饶孟侃（子离）是其中之一。公超由图书馆楼下搬出，在真茹乡下离暨南不远处租了几间平房，小桥流水，阡陌纵横，非常雅静。子离有时也在那里下榻，和公超为伴。有一天二人谈起某某英国诗人，公超就取出其人诗集，翻出几首代表作，要子离读，读过之后再讨论。子离倦极，抛卷而眠。公超大怒，顺手捡起一本大书投掷过去。虽未使他头破血出，却使得他大惊。二人因此勃谿。这件事也是公超自己对我说的。

公超萧然一身，校中女侨生某常去公超处请益。其人貌仅中姿，而性情柔顺。公超自承近于大男人沙文主义者，特别喜欢 meek（柔顺）的女子。这位女生有男友某，扬言将不利于公超。公超惧，借得手枪一支以自卫。一日偕子离外出试枪，途中有犬猖狰，乃发一枪而犬毙。犬主索赔，不得已只得补偿之。女生旋亦返国嫁一贵族。

公超属于"富可敌国贫无立锥"的类型。他的叔父叶恭绰先生收藏甚富，包括其祖外公赵之谦的法书在内。抗战期间这一批收藏存于一家银行仓库，家人某勾结伪组织特务人员图谋染指，时公超在昆明教书，奉乃叔父电召赴港转沪寻谋处置之道，不幸遭敌伪陷害入狱，后来取得和解方得开释。据悉这部分收藏现在海外。而公超离开学校教席亦自此始。

公超自美大使卸任归来后，意态萧索。我请他在师大英语研究所开现代英诗一课，他碍于情面俯允所请。但是他宦游多年，实已志不在此，教一学期而去。自此以后他在政界浮沉，我在学校尸位，道不同遂晤面少，遇于公开集会中一面，匆匆存问数语而已。